Chères lectrices,

Les fêtes sont passées, et une nouvelle année commence, pleine de promesses et de surprises... Ne trouvez-vous pas qu'il y a dans l'air comme un parfum de renouveau ?

Mais pas de nouvelle année sans bonnes résolutions ! Par exemple, celle de prendre davantage de temps pour vous, de vous accorder sans complexe des moments de plaisir et d'évasion, en plongeant avec délices dans la lecture de vos romans...

Et pour commencer en beauté cette année 2006, j'ai le plaisir de vous faire découvrir ce mois-ci deux nouvelles séries, intenses et passionnées comme nous les aimons.

Dans « Trois milliardaires à marier », Miranda Lee — un auteur que vous appréciez tout particulièrement — évoque avec finesse et émotion l'histoire de trois amis décidés à faire un mariage de raison, et qui vont faire une bien singulière découverte.

Avec « Les héritiers de Mardivino, » Sharon Kendrick, autre auteur fétiche de votre collection Azur, nous propose quant à elle de découvrir le destin de trois frères, trois fiers princes d'une île de la Méditerranée, chacun conquis par l'amour d'une femme.

Il ne me reste plus qu'à porter un toast...

Très bonne année à vous toutes et... très bonne lecture !

La responsable de collection

Le 1ᵉʳ janvier,
ne manquez pas la nouvelle trilogie
de Miranda Lee

Richard, Reece et Mike sont des amis inséparables. Ils sont riches, séduisants, et tout semble leur sourire. Pourtant, tous trois ont vécu des expériences difficiles et aucun n'a trouvé l'amour. Ils décident alors de contracter un mariage de raison dans lequel les sentiments auront peu de place, du moins le croient-ils...

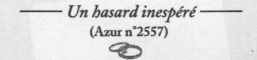

Un hasard inespéré
(Azur n°2557)

Impossible coup de foudre

PENNY JORDAN

Impossible coup de foudre

COLLECTION AZUR

éditions Harlequin

*Cet ouvrage a été publié en langue anglaise
sous le titre :*
CHRISTMAS EVE WEDDING

Traduction française de
ANNE DAUTUN

HARLEQUIN®

est une marque déposée du Groupe Harlequin
et Azur ® est une marque déposée d'Harlequin S.A.

Toute représentation ou reproduction, par quelque procédé que ce soit, constituerait une contrefaçon sanctionnée par les articles 425 et suivants du Code pénal.
© 2002, Penny Jordan. © 2006, Traduction française : Harlequin S.A.
83-85, boulevard Vincent-Auriol, 75013 PARIS — Tél. : 01 42 16 63 63
Service Lectrices — Tél. : 01 45 82 47 47
ISBN 2-280-20455-X — ISSN 0993-4448

1.

Non sans hésitation, Jaz appuya sur le bouton de l'ascenseur avec l'intention de gagner sa chambre d'hôtel. Dans ce hall faiblement éclairé, elle n'avait pour toute compagnie que cet homme qui, lui aussi, attendait de monter à l'étage. Grand, large d'épaules, il dégageait une impression discrète mais forte d'énergie virile et sensuelle. Ainsi seule avec lui, Jaz sentit un frisson d'excitation courir le long de sa peau.

Etait-ce un effet de son imagination ou… s'était-il légèrement rapproché pendant qu'ils patientaient, lui barrant la route vers la sortie et la dissimulant à la vue de ceux qui auraient pu passer dans les parages ? Avait-elle fantasmé le regard qu'il venait de poser sur son corps… sur ses seins ?

Non sans embarras, elle se demanda s'il avait remarqué la réaction traîtresse de ses sens à cet examen si ouvertement sensuel. Les pointes de ses seins s'étaient raidies, à présent visibles sous la soie fine de sa robe ; elle ne pouvait contrôler sa respiration qui devenait saccadée… Avait-il senti qu'elle luttait contre la montée de son excitation et que celle-ci n'était pas seulement due à sa présence, mais aussi aux visions mentales qui l'assaillaient ?

Il y avait chez cet homme quelque chose d'intensément érotique qui la faisait frémir de désir et de honte. Avait-il donc deviné ce qu'elle éprouvait ? Etait-ce pour cela qu'il s'était rapproché ?

Rouge d'embarras, Jaz détourna les yeux et chercha à se concentrer sur autre chose. Elle songea à ce qui l'avait amenée dans cet hôtel de La Nouvelle-Orléans…

De l'autre côté de la ville, oncle John, son parrain, finalisait la vente de son grand magasin anglais, connu pour son luxe et son sens de l'innovation. Les Américains qui s'en étaient portés acquéreurs — une famille passionnée et enthousiaste — désiraient ajouter ce fleuron à leur prestigieuse chaîne de boutiques U.S. Cette acquisition donnerait aux Dubois une ouverture sur le marché anglais, qu'ils désiraient conquérir.

Jaz savait que son emploi — coordinatrice du design des étalages et styliste des vitrines du magasin — serait préservé. Ce poste conquis de haute lutte avait représenté un défi en lui permettant de faire ses preuves et de réussir dans la carrière qu'elle s'était choisie.

Ses parents, pourtant aimants et attentionnés, avaient été scandalisés et incrédules en découvrant que leur fille unique ne partageait pas leur enthousiasme à s'occuper de la ferme où elle avait grandi. Au lieu de cela, elle avait manifesté la volonté de se frayer son propre chemin dans le monde.

Jaz savait que c'était uniquement grâce à l'intervention d'oncle John que ses parents avaient fini par la prendre au sérieux et la laisser s'inscrire dans une école d'art. Grâce à son parrain, elle avait maintenant un job qu'elle adorait.

Ses parents conservaient l'espoir de la voir tomber amoureuse d'un homme qui aurait du goût pour leur mode de vie, et ne s'en cachaient pas. Jaz était bien résolue à ne pas s'éprendre de quelqu'un qui ne partagerait pas ses objectifs. Il lui avait fallu lutter pour pouvoir exprimer son côté artiste, et elle y tenait d'autant plus que cela n'avait pas été facile.

Récemment, Jaz avait eu la confirmation de son talent en étant contactée par le chasseur de têtes d'une grande boutique londonienne. Malgré tout, elle avait choisi de rester loyale envers son parrain et son magasin extrêmement renommé — fondée par le grand-père d'oncle John.

John, qui approchait à présent quatre-vingts ans, recherchait depuis quelque temps déjà un successeur qui maintiendrait le style prestigieux du magasin. L'idée de vendre à des gens installés de l'autre côté de l'Atlantique ne l'enthousiasmait pas *a priori*, mais un voyage à La Nouvelle-Orléans avait suffi à le convaincre que les Dubois partageaient ses vues. Jaz, qu'il avait invitée à l'accompagner outre-Atlantique, était d'accord avec lui.

L'ascenseur qui arrivait ramena la jeune femme à la réalité. Elle ne put s'empêcher de jeter un coup d'œil vers l'homme qui attendait d'y entrer avec elle. Son cœur battit plus vite alors que l'élan d'excitation sexuelle qui l'avait saisie dès qu'elle avait posé le regard sur lui se ravivait. Pourquoi se comportait-elle d'une façon si téméraire ? Etait-ce parce qu'elle se trouvait dans un environnement inhabituel ? Qu'elle était étrangère dans ce pays ? Ou bien son « compagnon » lui-même opérait-il cet effet sur ses sens, l'amenant à se pourlécher les lèvres et à le regarder hardiment ?

La seule pensée de se retrouver seule avec lui dans l'ascenseur faisait surgir dans son esprit toutes sortes de scénarios érotiques…

— Ce que tu vois te plaît, ma belle ? lui demanda-t-il comme les portes se refermaient sur eux, les emprisonnant dans la cabine étroite et intime.

Un frisson d'appréhension parcourut la colonne vertébrale de Jaz. Elle était consciente d'agir d'une façon contraire à son caractère mais, pour une raison qui lui échappait, elle s'en moquait. Il y avait chez cet homme quelque chose qui intensifiait la chaude pulsation au creux de son ventre, avec une violence impossible à réprimer.

Refusant de « battre en retraite », elle affronta avec audace son expression amusée et répondit d'une voix rauque :

— Peut-être bien.

Avant sa venue à La Nouvelle-Orléans, on l'avait avertie que cette ville recelait des hommes périlleusement séduisants, toujours prêts à prendre un pari sensuel, à relever un défi. A présent, Jaz retenait son souffle en se demandant comment celui-là réagirait. Elle ne put résister au désir de contempler à la dérobée son reflet dans le miroir qui couvrait la paroi de l'ascenseur.

Il portait une chemise dont les premiers boutons étaient défaits, révélant un triangle tentateur de chair hâlée. Impulsivement, Jaz fit un pas en avant. Elle se demandait quel effet cela lui ferait de caresser cette peau avec ses lèvres, d'y goûter, de la titiller jusqu'à ce que cet homme n'ait plus d'autre recours que de la saisir et...

Une onde de chaleur se répandit dans son corps. Son compagnon l'excitait d'une façon inédite, inimaginable. Rien que de le voir, elle avait envie de lui. Elle sentit ses joues s'empourprer et son cœur battre à grands coups sourds, sous l'effet des fantasmes torrides qui l'envahissaient.

Elle continua à le contempler, dans un état de trouble intense. Il mesurait un bon mètre quatre-vingt-cinq, était doté de cheveux épais, d'un brun chaud que le soleil éclatant de la Louisiane avait éclairé de reflets dorés. Dans l'étroite cabine de l'ascenseur, elle percevait les effluves de son eau de toilette, mélange d'ambre et de musc. Il exsudait un luxe discret, de ses vêtements bien coupés jusqu'à sa montre de marque. Seules ses mains exprimaient quelque chose de plus primitif ; si elles étaient impeccablement manucurées, elles semblaient aussi légèrement calleuses... Jaz sentit sa poitrine se soulever à un rythme plus précipité tandis qu'elle imaginait ces mains en train de s'aventurer sur sa peau douce et lisse. Il avait remarqué son trouble, constata-t-elle en voyant qu'il rivait maintenant son regard sur ses lèvres.

Choquée, elle l'entendit dire d'une voix pressante :

— Vas-y, la belle, fais ce que tu as envie de faire. Car tu as des envies, n'est-ce pas ? ajouta-t-il en un murmure bas et sensuel, si charnel qu'elle eut presque l'impression de sentir sa langue caresser les parties les plus intimes de sa chair.

Elle réalisa soudain que, comme dans un état second, elle avait posé la main sur son torse ! Il avait la peau tiède et de petits plis au coin des yeux… Ah ! quels yeux ! Jamais elle n'avait vu des iris d'un bleu si dense, si profond, si intense. Ses propres pupilles ambrées devaient paraître bien fades à côté !

— Je ne peux pas, répondit-elle d'une voix frémissante, trop immergée dans le désir qu'elle éprouvait pour songer à le nier. Pas ici. Pas dans l'ascenseur…

Tout en achevant sa phrase en un murmure rauque, elle ne put s'empêcher de porter son regard sur son jean, à l'endroit précis où se manifestait sa virilité excitée.

— Menteuse ! murmura-t-il. Je pourrais te prendre maintenant, si je le voulais. Et si tu tiens à en avoir la preuve…

Déjà, il portait sa main à sa ceinture, commençant à la détacher. Emportée jusqu'au vertige par la fièvre de son désir, Jaz se rapprocha de lui puis se reprit, s'immobilisa.

En voyant le sourire dont il accompagna le regard qu'il lui jeta, elle rougit.

Il avait de belles dents, très blanches, et elle ne put s'empêcher d'imaginer sa propre chair livrée à leur morsure sensuelle. Un frisson la secoua, trahissant l'audace intime de son fantasme.

— Attention, ma belle… Si tu continues à me regarder comme ça, je vais être obligé de te dispenser ce que tu quêtes avec tes grands yeux dilatés… En fait…

Elle voulut secouer la tête en signe de déni, mais il était trop tard pour qu'elle puisse s'opposer à lui d'une quelconque manière. Avec une grâce et une légèreté surprenantes chez un homme si athlétique, il l'avait plaquée contre la paroi de l'ascenseur.

La chaleur de son corps mâle contre le sien, son odeur, tout cela était si follement voluptueux qu'elle eut la sensation d'être nue et de recevoir ses caresses. Elle frémit comme il refermait la main sur l'un de ses seins, le caressant à travers le fin tissu de sa robe. Il inclina la tête tandis qu'elle détournait le visage, et elle poussa un petit cri en sentant ses lèvres se refermer sur la pointe raidie, par-dessus la soie. Défaillant de plaisir, elle ferma les yeux.

Jamais elle n'aurait dû céder ! C'était trop dangereux… Toutefois, en dépit des mises en garde que lui soufflait son bon sens, elle laissa errer sa main vers le bas de son ventre en un geste de quête et de caresse, afin de constater sa réaction et de s'assurer qu'elle n'était pas la seule des deux à éprouver un désir lancinant, presque effrayant à force de sauvagerie… Elle exulta en sentant sous sa paume un renflement révélateur et, comme il avait soudain le souffle plus court, elle éprouva un sentiment de triomphe bien féminin. Ainsi, il la voulait autant qu'elle le désirait !

L'ascenseur s'immobilisa et la porte s'ouvrit. Aussitôt, Jaz voulut s'éclipser. Ils sortirent cependant ensemble. Consciente d'être empourprée jusqu'à la racine des cheveux, Jaz sentait ses jambes trembler, en un accès de faiblesse langoureuse. S'ils étaient restés plus longtemps dans l'ascenseur, aurait-il… Et aurait-elle…

Comme elle se détournait de lui, elle l'entendit dire d'une voix douce :

— Allons dans ta chambre.

Soudain sans défense, elle le contempla. Elle n'avait aucune expérience des hommes tels que celui-là, si toutefois ses précédentes expériences pouvaient soutenir une quelconque comparaison ! Son existence avait toujours été plutôt calme, différente de celle de ses camarades d'université. Sa lutte pour prouver à ses parents l'importance de la carrière qu'elle s'était choisie ne lui avait guère laissé le temps de faire des expériences sexuelles, comme les autres filles de son âge.

C'était cependant une vie qui lui avait convenu jusqu'à présent. Les aventures torrides, où l'on embrassait un grand homme brun dans un ascenseur, ne l'avaient jamais intéressée. Du moins n'avait-elle jamais été disposée à admettre un attrait pour ce genre de choses… Ce fut ce qu'elle pensa en se dirigeant vers sa chambre d'hôtel, la tête haute mais le cœur battant d'excitation et d'appréhension.

Devant la porte, elle eut pourtant une hésitation, presque un remords. Tout en fouillant dans son sac pour en sortir sa clé, elle commença :

— Je ne crois pas que…

Déjà, il lui avait pris sa clé et cherchait à l'attirer contre lui, tout en ouvrant la porte.

— Qu'allais-tu dire, ma belle ? Que tu ne veux pas de ceci ?

Puis il inclina la tête pour lui donner un baiser lascif, qui la laissa sans défense entre ses bras. Ils étaient à présent dans la chambre dont il avait refermé et verrouillé la porte, tout cela sans la relâcher. Maintenant, il continuait à l'embrasser dans la pénombre de la pièce… si toutefois on pouvait appeler cela un baiser ! C'était tellement plus… si…

Jaz frémit alors qu'il explorait son corps avec des caresses légères, délicates, savantes… Cet homme connaissait les femmes ! Elle le sentait à son toucher, le percevait instinctivement… Il effleura ses lèvres avec sa langue, comme pour l'apaiser et tempérer sa peur, jusqu'à ce qu'elle ne supporte plus la douce torture de cette caresse frustrante et veuille aller plus loin.

La pénombre semblait la rendre plus sensible à l'odeur légèrement musquée de son corps viril, et elle percevait avec acuité le frottement de sa joue un peu râpeuse sur sa peau, le contact un peu rugueux du tissu de son costume contre son bras nu. La senteur de son eau de toilette avait quelque chose de grisant…

Il ne ressemblait à aucun des hommes qu'elle avait connus. Il émanait de lui quelque chose de dangereux qui l'attirait follement, avec une puissance érotique à la fois choquante et jubilatoire.

Le baiser provocateur qu'il lui dispensait n'était pas loin de la frustrer, à présent. Levant les bras, elle se pendit à son cou et, portée par une audace inconnue, mêla sa langue à la sienne, en un baiser sauvage. Il réagit aussitôt et murmura :

— Oh ! c'est donc ça que tu veux. Eh bien, dans ce cas…

Il la souleva avec aisance, comme si elle n'avait pas pesé plus lourd qu'une plume, et gagna le lit d'un pas assuré. Dès qu'il l'eut allongée sur la couche, il commença à la déshabiller sans qu'elle s'y oppose. Elle avait su, dès qu'ils étaient entrés dans l'ascenseur, que les choses se dérouleraient ainsi. Elle l'avait même voulu ; elle n'avait cessé de le vouloir depuis son arrivée à La Nouvelle-Orléans.

Car cela faisait plusieurs jours déjà que cet homme et elle jouaient à ce jeu sensuel. Plusieurs jours que Dillon n'était plus pour elle un inconnu !

Les rideaux n'étant pas tirés, un rayon de lune entrait par la fenêtre, nappant ses seins d'une lumière argentée. Elle gémit de plaisir alors que Dillon la touchait, enflammant leurs pointes raidies avec la pulpe légèrement calleuse de ses doigts.

L'excitation l'inonda comme une coulée de lave, et Jaz se renversa en arrière pour mieux offrir ses seins à ses attouchements.

C'était bien ainsi qu'elle les avait imaginés tous deux dans l'ascenseur — elle avait eu la vision de leurs corps nus, mêlés dans la touffeur nocturne de la Louisiane.

Avide et farouche, elle s'attaqua aux vêtements de Dillon, jusqu'à ce qu'elle puisse enfin toucher librement son corps musclé entièrement nu.

En le caressant, elle sentit monter en elle un fiévreux désir de possession qui lui fit presque peur. C'était une émotion très éloignée de ce qu'elle avait pu éprouver par le passé, une sorte de témérité étrange, sauvage, dangereuse, que rien ne pouvait dompter ou apprivoiser.

Comme Dillon l'enlaçait, couvrant son corps de baisers, sensuels, elle trembla sous la violence de sa propre réponse, immédiate et viscérale.

Ils s'étreignirent avec ferveur, se caressant, se touchant, se dévorant l'un l'autre dans la chaleur animale de leur désir. Jaz pouvait voir, au clair de lune, les marques que ses ongles avaient imprimées sur le dos musclé de Dillon. Elle savait qu'au matin son propre corps

14

porterait lui aussi la trace des petites meurtrissures qu'il lui infligeait dans l'ardeur de la passion. Alors, elle s'interrogerait peut-être sur la façon dont elle s'était conduite, mais pas maintenant.

— Es-tu prête, ma belle ? lui demanda-t-il en la pressant contre lui si étroitement qu'elle perçut le battement sourd de son cœur comme s'il venait de sa propre poitrine.

En silence, Jaz répondit avec son corps, nouant ses jambes autour de ses reins tandis qu'il s'enfonçait en elle, la faisant frémir d'un plaisir presque intolérable.

A chacune de ses poussées puissantes, qui l'emplissaient tout entière, elle sentait croître la force de la vague qui l'emportait, rendant saccadé son souffle, la noyant dans une sensation d'immensité infinie. Soudain, la vague montante parvint à son faîte et, émerveillée par la force brute de cette expérience, elle surfa sur les hauteurs vertigineuses de la volupté. Sans même le savoir, elle poussa des cris de plaisir, se cramponnant au corps qui recouvrait le sien, sentant avec intensité la libération de Dillon. Elle savoura le fait de lui avoir apporté la plénitude, tandis que ses sens saturés de sensations s'apaisaient peu à peu.

Dillon se redressa sur un coude et, du bout des doigts, effleura doucement la courbe délicate de la mâchoire de Jaz. Elle était si menue, si fragile et, en même temps, si étonnamment forte, cette Anglaise entrée à l'improviste dans sa vie et dans son cœur !

Il avait eu des doutes — beaucoup de doutes, pour être honnête — et à juste titre. Puis il avait entendu John, le parrain de Jaz, parler à sa propre mère du milieu dont elle était issue, ce qui l'avait quelque peu rasséréné. En comprenant qu'elle venait du monde rural, avec des parents fermiers et éleveurs de bétail — qu'elle avait donc grandi à la campagne et que son métier n'était qu'une façon d'affirmer son indépendance avant de revenir à ses racines —, il avait aussitôt baissé sa garde et cessé de lutter contre les sentiments qu'elle lui inspirait.

Ce qui n'était pas plus mal car, à présent, plus rien ne le retenait d'aimer Jaz. Jamais il n'aurait envisagé de vivre avec une femme qui ne partagerait pas son amour pour la campagne et sa détermination à voir grandir ses enfants dans le ranch qu'il possédait, auprès d'une mère qui ne courrait pas le monde comme la sienne l'avait fait. Celle-ci ne s'était jamais trouvée là lorsqu'il avait eu besoin d'elle et ses parents avaient fini par divorcer lorsque son père s'était lassé des incessantes absences de sa mère et de sa dévotion obsessionnelle pour le magasin familial.

Dillon ne doutait pas que la boutique avait toujours eu plus d'importance que lui-même aux yeux de sa mère. Elle n'avait d'ailleurs jamais caché qu'il avait été conçu par accident.

Enfant, Dillon avait été profondément blessé par son manque de fibre maternelle, et par le fait qu'elle ne cherchât pas à le nier, au contraire ! A l'adolescence, cette souffrance s'était muée en amer ressentiment qui peu à peu avait pris la forme d'une détermination farouche : ses propres enfants ne connaîtraient jamais un tel destin !

L'épisode le plus dur de son enfance avait été le moment où, après le divorce de ses parents, il avait perdu son père dans un accident de voiture. Sa mère n'était pas venue. Alors qu'il était âgé d'à peine onze ans, on l'avait emmené à la morgue afin qu'il identifie le corps. Jamais il n'oublierait ce qu'il avait ressenti… Il avait eu si peur, il s'était senti si seul, il avait éprouvé tant de colère envers sa mère !

Il s'était juré que jamais, au grand jamais, ses enfants n'auraient à vivre une expérience comparable ! Cela l'avait rendu très réticent à s'engager sur le plan affectif.

Jusqu'à aujourd'hui… jusqu'à Jaz.

Il était entré dans le restaurant où sa famille — sa propre mère comprise — dînait avec Jaz et son parrain. Dès l'instant où il avait posé les yeux sur elle, il avait su !

En voyant l'expression interdite de Jaz et la rougeur montée à ses joues, il ne lui avait pas échappé qu'elle éprouvait pour lui une puissante attirance. Il n'avait pas mis longtemps à l'entraîner à l'écart des autres, sous prétexte de lui faire admirer le Mississippi depuis le dernier étage du restaurant, et moins de temps encore à lui faire savoir qu'elle lui plaisait follement.

Ce comportement qui ne lui était pas habituel révélait, à son sens, l'intensité des sentiments que Jaz lui inspirait. Par une sorte d'ironie, pourtant, il avait bel et bien failli ne jamais la connaître !

S'il était parvenu à établir une relation adulte et à peu près tolérante avec sa mère, il conservait cependant pour l'affaire familiale une farouche hostilité. Il aurait voulu ne jamais rien avoir à faire avec la chaîne de magasins, mais c'était tout simplement impossible. Son grand-père maternel lui avait laissé un gros portefeuille d'actions en fidéicommis. Pour compliquer encore les choses, sa mère avait exercé sur lui un chantage affectif afin qu'il accepte le rôle de conseiller financier du groupe lorsqu'il avait obtenu son master en finance. Elle avait prétendu que, s'il refusait, elle en conclurait qu'il ne lui avait jamais pardonné son enfance solitaire.

Plutôt que de s'engager dans une lutte pénible, Dillon avait cédé. Bien entendu, sa famille avait voulu qu'il étende son rôle à la boutique anglaise que sa mère désirait acquérir — elle voulait grossir leur groupe de boutiques situées à Boston, Aspen et La Nouvelle-Orléans.

Contrairement à sa famille du côté maternel, Dillon avait un amour primitif pour la terre, pour le ranch qu'il avait acheté et développait avec régularité, grâce à l'argent qu'il gagnait en tant que conseiller financier.

Il n'était venu à La Nouvelle-Orléans que contraint et forcé. Dieu merci, sa mère avait insisté ! Sinon...

Son sourire sensuel s'accentua quand Jaz ouvrit les yeux.

— Mmm... encore une nuit mémorable, miss..., dit-il d'une voix douce mais taquine.

17

Comme il s'y attendait, elle s'empourpra. Il trouvait fascinant l'incarnat délicat de son teint d'Anglaise, qui trahissait la moindre de ses émotions et éveillait chez lui le désir éperdu de la protéger.

— Tu ferais mieux de partir, lui dit Jaz d'une voix hésitante. Nous sommes convenus de garder le secret sur notre... sur ceci... pour l'instant, et mon parrain m'attend pour le petit déjeuner. Ta mère a prévu une visite de ses entrepôts, ce matin.

Dillon se pencha sur elle et l'embrassa.

— Tu es bien sûre de vouloir que je m'en aille ? demanda-t-il dans un murmure en glissant sa main sous le drap pour emprisonner l'un de ses seins contre sa paume.

Comme elle luttait pour garder la tête froide, Jaz huma la senteur virile du corps de Dillon, et sut qu'elle avait perdu la bataille. Il était plus simple de céder, pensa-t-elle alors que Dillon l'embrassait encore, l'enlaçait et basculait sur elle.

Le contact de leurs corps nus suffit à lui arracher un cri étranglé, aussitôt suivi d'un deuxième, plus profond et plus sensuel, tandis que Dillon laissait libre cours à son désir.

Ils s'étaient rencontrés à peine quelques jours plus tôt mais, sur le terrain charnel et amoureux, Jaz avait l'impression de connaître Dillon depuis toujours...

— Il y a un mois, je n'aurais jamais imaginé que je pourrais faire une chose pareille, chuchota-t-elle alors que Dillon caressait son corps.

— J'espère bien ! répondit-il avec une colère feinte. Après tout, il y a un mois, on ne se connaissait pas encore !

Les yeux de Jaz se remplirent soudain de larmes.

— Chérie... qu'est-ce qu'il y a ? Qu'ai-je dit de mal ? demanda Dillon, passant de l'amusement à l'inquiétude.

— Rien. C'est juste que... Oh ! Dillon ! Si je n'étais pas venue ici... si nous ne nous étions pas rencontrés ! Si je n'avais pas su qu...

— Tu es ici, nous avons fait connaissance, et tu as compris, tout comme moi, que nous sommes faits l'un pour l'autre. Tu es parfaite pour moi. Parfaite, redit-il en enveloppant son corps nu d'un regard éloquent.

Jaz eut l'impression d'être une chatte qu'on cajole en voyant comment il la contemplait. Jamais elle n'aurait cru être de ces femmes qui tombent amoureuses au premier regard, et qui agissent avec emportement une fois que l'homme qu'elles aiment leur a fait part de leur désir.

Son propre bonheur la maintenait dans l'ivresse. Dillon était celui qu'elle avait espéré rencontrer : sophistiqué, viril, sexy. Il était de son monde, en plus.

Il comprenait à quel point cela comptait pour elle d'exprimer son tempérament artistique. Le milieu où il avait grandi lui indiquait qu'il saurait pourquoi elle préférait la douceur sensuelle du velours à la rudesse de la robe d'un cheval. Et pourquoi elle était capable de passer des heures à traîner avec délices dans une galerie d'art plutôt que sur une foire agricole.

— Tu te joins à nous, ce matin ? s'enquit-elle.

Il secoua la tête et Jaz s'efforça de dissimuler sa déception. Si elle était très excitée à l'idée de découvrir les « coulisses » de la chaîne de magasins, elle y aurait pris plus de plaisir encore si Dillon l'avait accompagnée.

Elle savait que sa mère contrôlait tous les achats, qu'elle sillonnait le monde à la recherche de produits, beaux et originaux, susceptibles de tenter leur exigeante clientèle.

Mais c'était à travers les yeux de Dillon qu'elle aurait aimé découvrir la caverne d'Ali Baba que devait être l'entrepôt — et explorer ce monde qu'ils allaient partager, ainsi qu'il le lui avait laissé entendre sans ambiguïté.

— Nous nous retrouverons à la maison cet après-midi, lui dit-il une fois qu'ils furent habillés.

Puis il ajouta d'un air grave :

— Nous avons à parler, nous devons faire des projets.

— Demain, je reprends l'avion pour l'Angleterre avec oncle John, lui rappela-t-elle.

— Je ne l'oublie pas, répondit Dillon. C'est pourquoi il est d'autant plus important d'envisager notre avenir.

2.

Jaz sourit tout en se hâtant vers la luxueuse demeure nichée au cœur du quartier français de La Nouvelle-Orléans, où Dillon habitait pendant son séjour en Louisiane.

Il lui avait remis un double des clés la nuit où il lui avait déclaré son amour — une semaine après leur rencontre. Maintenant, alors qu'elle déverrouillait la porte d'entrée puis traversait le vestibule, elle se demanda comment elle ferait le lendemain pour repartir en laissant Dillon derrière elle !

Déjà, elle avait fantasmé sur ce que serait leur vie à deux, sur les enfants qu'ils auraient. Un garçon, réplique miniature de Dillon, et une fille, qui apporteraient de l'animation dans la maison où ils habiteraient. Elle fut soudain frappée de réaliser qu'elle ignorait l'adresse permanente de Dillon !

Aucune importance, se dit-elle. Après tout, elle savait déjà ce qui était essentiel... Par exemple, qu'il dormait sur le côté droit, et qu'il avait le sommeil si léger que le plus doux des baisers suffisait à l'éveiller... même si, une fois, il avait feint de dormir pendant qu'elle cédait à son désir et explorait l'intimité de son corps pendant son sommeil...

Elle refoula vite ce souvenir troublant pour se concentrer sur des informations plus prosaïques. Elle savait que Dillon avait fait ses études universitaires à Boston et que son métier de conseiller financier le contraignait à de fréquents voyages.

— Heureusement, je peux travailler à partir de n'importe où, du moment que j'ai un ordinateur, lui avait-il expliqué avant d'ajouter en riant : Et mon avion personnel !

« N'importe où »... Fallait-il en déduire qu'il songeait à s'installer dans la ville où elle avait grandi, à Cheltenham ?

Ou bien avait-il autre chose en vue ? Jaz avait été aux anges lorsque la mère de Dillon l'avait prise à part pour lui confier son admiration pour son travail.

— Il se peut que tu aies l'opportunité de t'impliquer encore plus après le rachat, lui avait-elle dit. Est-ce que cela t'intéresse ? Tu serais probablement amenée à te déplacer.

— Ça m'intéresse énormément, avait répondu Jaz, ravie et grisée.

— Tant mieux, avait conclu la mère de Dillon d'un ton approbateur.

Dillon avait-il suggéré à sa mère de la faire travailler dans une de leurs boutiques aux Etats-Unis ?

Il avait déclaré à Jaz qu'ils étaient très bien assortis, et elle partageait cet avis. Elle s'était interdit de trop parler de son travail pour ne pas l'amener à croire qu'elle essayait de l'impressionner par ambition et par calcul. Cependant, elle lui avait dit avoir su très tôt ce qu'elle voulait faire de sa vie, et, vu le milieu dont il était originaire, il sympathiserait entièrement avec elle et comprendrait ce qu'elle ressentait !

Voyant que la porte de la chambre de Dillon était ouverte, Jaz sut qu'il était déjà arrivé et qu'il l'attendait. Elle eut toutes les peines du monde à ne pas s'élancer pour aller se jeter dans ses bras.

Elle avait vu juste. Dillon était allongé sur le lit, les bras repliés derrière la tête, torse nu sous le drap fin rabattu à hauteur de ses reins.

— Je t'ai manqué ? murmura-t-il alors qu'elle s'approchait.

— Oh oui ! Mais c'était génial, à l'entrepôt. Je trouve nos acheteurs excellents, mais ta mère les surclasse. Elle est dans un monde à part.

— A qui le dis-tu ! s'exclama Dillon avec cynisme.

Jaz ne prit pas garde à son intonation. Elle était tout au souvenir de ce qu'elle avait ressenti en visitant l'entrepôt.

— Je sais qu'elle vérifie et approuve personnellement tout ce que vos acheteurs repèrent ou acquièrent. Comment y arrive-t-elle ? Elle doit se consacrer entièrement au magasin, j'imagine.

— Entièrement, approuva Dillon sèchement.

Surprise par la vivacité de sa réplique, Jaz demanda :

— Qu'est-ce qui ne va pas ?

— Rien, lui répondit-il d'un ton ferme.

Puis il ajouta avec un sourire :

— Sauf que tu as beaucoup trop de vêtements sur toi et que nous perdons un temps fou à parler.

— Mais tu voulais qu'on discute… Qu'on fasse des projets.

— Mmm… c'est vrai. Seulement, en te voyant, j'ai l'esprit à tout autre chose… J'ai tellement envie de toi que mon besoin de communication exige un échange particulièrement intime. Au fait, tu ne m'as même pas dit bonjour.

— Bonjour…

— Pas comme ça. Comme ceci ! s'exclama Dillon en l'enlaçant d'un mouvement preste et en l'embrassant.

— Oh ! c'est de ce genre de bonjour que tu parles…, dit-elle doucement en se détachant de ses lèvres.

— Oui, dit-il en vrillant son regard dans le sien.

Jaz sentit un feu se répandre en elle et frémit d'anticipation. Elle lut dans les yeux de Dillon qu'il savourait sa réaction, son émoi de femme impuissante à lui résister.

Eh bien, elle lui ferait « payer » ce tourment plus tard, à sa manière, pensa-t-elle. Elle n'était pas non plus dépourvue de pouvoir sensuel sur lui…

— Je n'ai jamais rencontré quelqu'un qui manifeste aussi franchement ses sentiments, lui fit-il remarquer d'une voix douce. J'aime ton honnêteté, Jaz. Je n'ai aucun goût pour les gens qui trichent et mentent.

Pendant un instant, elle le trouva impressionnant, presque menaçant, et se sentit étrangement déstabilisée. Il était l'homme qu'elle aimait, mais elle venait sans doute d'entrevoir une facette particulière de sa personnalité, d'une obstination farouche et d'une dureté implacable...

Il continua :

— J'aime ta manière de me montrer ce que tu ressens, de laisser libre cours à ton désir et à ton amour. Montre-les-moi maintenant, Jaz.

Elle ne se le fit pas dire deux fois et commença aussitôt à se dévêtir, vite rejointe par Dillon, qui l'aida fiévreusement à se déshabiller tandis qu'ils échangeaient des baisers torrides et des mots d'amour.

La chaleur des après-midi de La Nouvelle-Orléans était vraiment faite pour les corps à corps sensuels, songea Jaz deux heures plus tard, allongée contre Dillon dans un enlacement languide, savourant le bien-être d'après l'amour. Quel meilleur moyen, en effet, que de fuir les excès de la température en se réfugiant dans cette chambre ombreuse et fraîche, dotée de l'air conditionné ?

— Il faut s'habiller, murmura Dillon en se penchant sur elle pour l'embrasser.

— S'habiller ? Pourquoi ? Je croyais qu'on devait parler...

— Justement ! s'exclama-t-il avec un petit sourire. Si nous restons comme ça, je ne songerai guère à discuter... J'ai hâte que nous soyons mariés, Jaz. J'ai hâte de t'emmener au ranch, dans le Colorado. Là-bas, nous pourrons commencer vraiment à vivre ensemble. Vu ton milieu familial, tu vas adorer, tu verras. Tu auras

24

ton propre cheval pour qu'on puisse faire des balades. Et quand nous aurons des enfants...

— Dans ton ranch ? l'interrompit Jaz, choquée. Quel ranch ? De quoi parles-tu, Dillon ? Tu es un homme d'affaires, dans la finance. Les boutiques...

— Je suis conseiller financier, oui, admit-il en fronçant les sourcils devant l'air angoissé de Jaz. Mais c'est uniquement pour financer mon ranch jusqu'à ce qu'il se rentabilise et fonctionne de façon autonome. Quant aux magasins... c'est bien le dernier endroit où je voudrais faire ma vie ! Ils sont tout ce que je déteste, souligna-t-il amèrement. En fait, il n'est rien que je ne haïsse autant que ce qui s'y rattache ! Je ne vois pas l'intérêt de courir le monde pour dénicher des biens de consommation pour des gens qui possèdent déjà le nécessaire *et* le superflu. Ce n'est pas ça, la vie !

Sa tirade coléreuse avait réveillé en Jaz trop de souvenirs douloureux pour qu'elle puisse se contenir. Elle répliqua d'une voix frémissante :

— Par contre, c'est intéressant d'être dans un ranch et de courir toute la journée après du bétail ?

Chacun des mots de Dillon avait entamé ses illusions au sujet de leur relation et des buts qu'ils étaient censés partager. Elle venait de comprendre, avec un étonnement douloureux, que Dillon n'était pas celui qu'elle avait cru !

— Le but des magasins n'est pas seulement de vendre, Dillon ! Il s'agit de développer le regard des gens, leur sensibilité... de les ouvrir à la beauté ! Tu peux comprendre ça, tout de même ? continua-t-elle avec passion.

Dillon plissa les paupières en captant l'agitation et la révolte de Jaz. Il lui sembla faire un retour dans le passé, au temps de ses six ans, et entendre sa mère :

— Non, Dillon, je ne peux pas rester. Je dois partir. Pense à la déception de tous ces gens qui attendent que je leur achète de belles choses ! Tu peux sûrement comprendre ça ?

« Non, je ne comprends pas du tout ! » avait-il eu envie de hurler, mais il était trop jeune alors pour formuler ce qu'il ressentait, et aussi déjà trop fier, trop conscient de son statut masculin pour montrer son chagrin à sa mère.

En revanche, il n'allait certes pas commettre maintenant l'erreur de taire à Jaz sa façon de penser !

— Je croyais que nous parlions de nous, Jaz ! De notre couple, de notre avenir ensemble. Alors bon sang, que viennent faire les boutiques là-dedans ?

— Je travaille dans l'une d'elles, figure-toi ! Et mon travail joue un rôle capital dans mon existence !

— *Capital ?* laissa tomber Dillon d'une voix soudain glaciale et menaçante. Jusqu'à quel point ?

Jaz eut l'impression que le sol menaçait soudain de s'effondrer sous elle, qu'elle se jetait tête la première au-devant du danger. Or, c'était un danger qu'elle avait déjà dû affronter… En écoutant Dillon, elle avait l'impression d'entendre ses parents.

Elle se sentait terriblement menacée, non pas physiquement mais dans sa liberté d'être.

En le regardant, en se remémorant l'intimité sensuelle qu'ils venaient de partager, l'amour qu'il lui avait manifesté, elle était tentée de faire marche arrière. Mais comment l'aurait-elle pu sans se trahir elle-même ?

— Pour moi, mon travail est vital ! dit-elle fermement.

Cette affirmation n'était pas absolument vraie : ce n'était pas tant son travail qui lui importait que le fait qu'il lui permettait d'exercer sa créativité. Et elle refusait de composer sur ce point, de renoncer à son pouvoir créateur.

— Aussi vital, j'imagine, que ton job l'est pour toi ! ajouta-t-elle d'un ton acide.

— Rien ni personne sur cette Terre ne me ferait renoncer au ranch ! asséna Dillon.

Jaz répliqua avec une intensité égale :

26

— Rien ni personne ne me ferait renoncer à mon travail !

En silence, ils se dévisagèrent. Jaz lisait tant d'hostilité dans le regard de Dillon qu'elle eut envie de se jeter contre son torse pour ne plus voir ses yeux pleins d'agressivité.

Tendu, sec, vibrant de colère contenue, il reprit la parole :

— Je n'arrive pas à y croire ! Je n'arrive pas à croire à ce qui nous arrive. Si j'avais su…

— Tu savais ! Je n'ai jamais caché l'importance que j'attache à mon travail de création. Si j'avais pu imaginer une seconde que tu ne comprendrais pas… que tu étais un… un fermier… jamais je n'aurais…

— Quoi ? Tu n'aurais jamais couché avec moi avec tant d'ardeur, c'est ça ?

Elle s'efforça de se faire comprendre :

— J'ai grandi dans une ferme. Je sais que je ne peux pas supporter ce genre de vie.

— Et moi, j'ai eu une mère qui attachait plus d'importance à ses sacro-saints magasins qu'à son mari ou à son fils. Je ne peux pas accepter une femme — une épouse — dominée par la même obsession ! Je veux une épouse qui sera proche de ses enfants. Qui leur donnera et me donnera la priorité. Qui…

— … renoncera à ses rêves, à sa vie propre, à sa personnalité uniquement parce que tu l'as décrété ? le coupa Jaz avec véhémence et révolte. Je n'arrive pas à en croire mes oreilles ! Mais quel genre d'homme es-tu ?

— Un homme assez stupide pour s'imaginer que tu étais la femme idéale, répliqua Dillon acerbe. De toute évidence, je me suis trompé !

— De toute évidence ! lança Jaz d'une voix étranglée.

Pour faire bonne mesure, elle ajouta :

— J'ai la vie de ferme en horreur ! Je la méprise et je la hais ! Jamais je ne remettrai mon sort et celui de mes enfants entre les mains d'un homme aussi… aussi égoïste et aussi obtus que tu dois l'être ! Ma créativité est un don à part…

— Un don à part ? l'interrompit Dillon avec un emportement sauvage. Plus spécial que notre amour ? Plus spécial que la vie que nous aurions pu partager ? Et que les enfants que je t'aurais donnés ?

— Tu ne comprends rien ! protesta Jaz d'une voix étranglée en luttant pour ne pas céder au chantage émotionnel qu'il lui faisait subir.

Si elle cédait maintenant, elle n'en finirait plus de céder, par la suite. Elle passerait le reste de son existence à regretter sa faiblesse, pour elle-même et pour ses enfants.

Dans l'espoir d'amener Dillon à la raison, elle fit pourtant une dernière tentative.

— En grandissant, je savais qu'il était important que j'exprime le côté artiste et créateur de ma personnalité. Mes parents n'ont pas voulu admettre ma différence. S'il n'y avait pas eu oncle John, je ne sais pas ce que je serais devenue. J'ai lutté pour pouvoir être moi-même. Trop dur pour revenir en arrière et renoncer à ce que j'ai conquis… fût-ce pour toi.

Dillon songea avec amertume qu'il comprenait diablement bien, aujourd'hui, ce qui lui avait échappé lorsqu'il était enfant. Une fois de plus, la personne la plus importante de sa vie lui disait qu'il ne lui suffisait pas, qu'elle ne tenait pas assez à lui pour rester auprès de lui et l'aimer tel qu'il était.

Il déclara avec colère :

— J'aurais cru, après tout ce que j'ai subi avec ma mère, que je saurais reconnaître à des kilomètres une femme du même acabit ! Je l'aurais peut-être fait, d'ailleurs, si je n'avais pas entendu certains propos de ton précieux oncle John ! Selon lui, ta famille attend que tu retournes à tes racines et au monde où tu as grandi.

Ces propos, qui semblaient insinuer qu'elle avait cherché à le tromper, rendirent Jaz furieuse et rompirent tout net la corde qui faisait encore vibrer son cœur.

— C'est peut-être ce que veulent mes parents, mais ce n'est certainement pas ce que je désire ni ce que je compte faire ! Si tu as mal interprété une conversation que tu as surprise, je n'y suis pour rien ! Puisque tu tenais tellement à épouser une fille de fermiers, tu n'avais qu'à le dire !

— J'ai cru que tu partageais mes valeurs ! s'écria Dillon, mordant. J'ai cru que tu étais assez forte pour te réaliser…

— … comme mère et comme femme au foyer ? Que j'étais du genre à rester à la maison pour faire des gâteaux pendant que mon costaud de mari chevauchait sur ses terres et dirigeait le domaine ? Juste ciel ! Si ton père était comme toi, je comprends que ta mère l'ait quitté ! Tu n'es pas seulement passéiste, Dillon ! Tu es de ces criminels qui veulent dénier les droits de la femme ! Le monde a changé, figure-toi. Les couples d'aujourd'hui partagent les responsabilités, entre eux et envers leurs enfants !

— Vraiment ? En tout cas, ma mère n'a pas *partagé* grand-chose, pendant qu'elle sillonnait le monde pour acheter de « *belles choses* » ! souligna cyniquement Dillon. Elle a laissé à mon père le soin de m'élever de son mieux. Et quant au fait qu'elle l'ait quitté… il s'en est beaucoup mieux porté, crois-moi ! Et moi aussi.

Le regard assombri par le chagrin, il secoua la tête. Jaz, interprétant mal son expression, la prit pour de la colère.

— Ma mère était comme…

— Comme moi, c'est ça ? s'emporta-t-elle. Tu penses que tu te porterais mieux sans moi ?

Sombre et morose, Dillon la contempla. Il éprouvait le désir d'attirer Jaz entre ses bras et de lui faire payer la douleur qu'elle leur causait en l'embrassant comme un perdu, jusqu'à ce qu'elle admette enfin qu'elle ne voulait que lui, que rien ne comptait pour elle que leur amour. Or, s'il faisait cela, il se préparerait une vie de malheur, il en était conscient. Une louve ne pouvait devenir un agneau, sa propre mère en était la preuve !

Un regard qui en dit plus long que tous les mots, pensa douloureusement Jaz en voyant comment Dillon la fixait.

— Eh bien, parfait ! déclara-t-elle. Parce que, en ce qui me concerne, je me porterai beaucoup mieux sans toi !

Elle sentit des larmes lui brûler les yeux. Furieuse de sa propre faiblesse, en colère contre Dillon parce qu'il était la cause de cette défaillance, elle refoula résolument ses pleurs.

— J'ai des besoins à satisfaire et des ambitions, dit-elle. Je ne suis pas une… une jument docile qu'on peut enfermer dans une écurie.

— Bon sang ! rétorqua Dillon en faisant un pas vers elle.

Aussitôt, elle fut prise de panique. S'il la touchait…

— Ne m'approche pas ! s'exclama-t-elle, farouche. Et n'envisage même pas de me toucher ! Je ne veux plus que tu poses la main sur moi, tu entends ? Jamais !

Sans même lui laisser le temps de répliquer, elle tourna les talons, traversa la maison, s'élança dans la rue et ne ralentit le pas qu'à une bonne dizaine de mètres de là, accablée par la chaleur.

C'était fini, bien fini. Cela n'aurait d'ailleurs jamais dû commencer. Rien ne serait arrivé si elle avait su à quel homme elle avait affaire !

« J'étais hors de mon monde », pensa-t-elle misérablement.

Elle n'avait qu'une consolation : Dillon s'était toujours montré pragmatique et soucieux de la protéger, si bien que leur liaison ne pouvait avoir aucune « conséquence » fâcheuse. Elle avait tout lieu de s'en réjouir, non ?

3.

— Tu veux que j'aille en Angleterre pour savoir ce qui se passe ? s'exclama Dillon, regardant sa mère avec incrédulité et colère. Ah, non ! Pas question !

— Je t'en prie ! Je sais ce que tu penses des boutiques, et je sais que c'est ma faute. Mais tu es mon fils, et vers qui me tournerais-je si je ne peux pas compter sur toi ? De plus, il ne serait guère dans ton intérêt que les magasins perdent de l'argent. Surtout maintenant, alors que tu as investi pour moderniser le ranch et acheter encore plus de terrain.

— Très bien, je comprends, répondit Dillon d'un air sombre. Ce que je ne vois pas, c'est en quoi le départ de deux membres du personnel de Cheltenham peut poser problème.

— Ils vont travailler pour la concurrence !

— Et alors ? Il n'y a qu'à recruter des employés meilleurs et plus loyaux. Au fait, quels sont les départements affectés par ces départs ?

En ce qui le concernait, pensa-t-il, si l'une des personnes démissionnaires était Jaz, eh bien, tant mieux !

Cela faisait plus de quatre mois qu'elle l'avait plaqué à la suite de leur dispute. Plus de quatre mois ? Exactement quatre mois, trois semaines, cinq jours et sept heures… Il ne tenait un compte aussi précis que pour se remémorer son coup de chance. Cela avait bel et bien été une chance d'avoir découvert à temps qu'ils étaient aussi mal assortis !

A temps ? Oh ! bon sang ! Il était aussi profondément amoureux qu'il était possible de l'être !

Irrité, Dillon secoua la tête. Il commençait à être las de subir les murmures railleurs et indésirables de sa « voix » intérieure. Soit, il s'était parfois surpris à être tenté de décrocher son téléphone pour composer le numéro du magasin de Cheltenham. Et alors ? Il s'était retenu de le faire. Il n'avait aucune raison impérative de parler à Jaz, n'est-ce pas ? A moins de vouloir se torturer, ce qu'il faisait déjà très bien tout seul ! Point n'était besoin d'entendre, en plus, sa voix…

— Dillon, tu m'écoutes ? Tu as l'air ailleurs…

La voix de sa mère, s'immisçant dans le cours de ses pensées, lui épargna d'avoir à se remémorer ses fantasmes du soir, ceux qui occupaient ses nuits.

— Les deux démissionnaires ont des postes clés, Dillon. Ils sont loyaux et travaillent pour nous depuis longtemps. Je m'inquiète des répercussions de leur départ sur notre image et notre capacité à garder nos bons éléments. Le monde des magasins de détail est très restreint. Il suffirait d'un commérage pour faire naître la rumeur que nous sommes en danger de perdre notre leadership. Inutile de te dire quelles seraient les conséquences sur notre stock.

— Bon, deux employés s'en vont, grommela Dillon en haussant les épaules. La belle affaire !

Il connaissait sa mère, et n'avait nul besoin qu'elle exerce un chantage au sujet de ses précieux magasins. Il n'avait pas envie de perdre son temps en voyages inutiles !

— Deux jusqu'ici, mais il pourrait y en avoir d'autres. Jaz pourrait très bien être la suivante, et nous ne pouvons pas nous permettre de la perdre, Dillon ! Elle a un talent peu commun que je tiens absolument à m'attacher, et pas seulement pour la boutique de Cheltenham. J'ai l'intention de lui confier la direction du stylisme des vitrines et des étalages intérieurs dès qu'elle aura un peu plus d'expérience. D'abord, j'aimerais qu'elle travaille quelque temps dans chacun de nos magasins. Nous ne devons pas la perdre, je te le répète ! Si les médecins ne m'avaient pas interdit de voyager par avion, j'irais là-bas moi-même !

Dillon regarda sa mère arpenter nerveusement le bureau. Il avait été tout aussi choqué qu'elle d'apprendre, à la suite d'une échographie de routine, que de petits caillots se formaient dans sa jambe, et mettaient potentiellement sa vie en danger. Cela lui avait fait prendre conscience d'une chose : en dépit de tout, elle était sa mère et il tenait à elle. Un traitement médicamenteux avait résorbé les caillots, mais le médecin avait ordonné à sa mère de ne prendre l'avion sous aucun prétexte tant qu'il n'aurait pas l'assurance que tout risque était écarté.

En voyant qu'il l'observait, sa mère lui dit avec émotion :

— Tu assures que tu m'as pardonné ton… ton enfance, Dillon, mais quelquefois, je me le demande… J'ai l'impression…

Elle s'interrompit et détourna les yeux, arrachant un léger soupir à son fils.

— Que cherches-tu à dire ? demanda-t-il avec cynisme. Que je dois te prouver une fois de plus mon pardon en partant pour Cheltenham ?

— Oh ! Dillon, ça compterait tellement pour moi si tu le faisais !

— Je ne…

Elle lui coupa la parole d'une voix pressante :

— Je t'en prie ! Je ne peux faire confiance qu'à toi ! Il est impossible que je confie cette mission à quelqu'un d'autre, vu ce que je soupçonne ! Selon moi, la cause du problème est que ton oncle Donny a engagé son beau-fils comme directeur du magasin. De quel droit Donny a-t-il pris une telle décision ? Ce n'est pas parce qu'il est l'aîné qu'il peut se permettre de passer par-dessus tout le monde ! Quant à son beau-fils calamiteux… Jerry n'a pas la moindre idée de la façon dont fonctionne une affaire comme la nô…

— Je le croyais directeur d'une chaîne de supermarchés, glissa Dillon.

L'incessante guerre intestine qui faisait rage entre sa mère et ses parents mâles ne lui était que trop familière, et il n'y prêtait plus attention depuis longtemps.

— C'était le cas, oui. Mais franchement… des *supermarchés* ! Il n'y a aucun rapport entre ça et des magasins comme les nôtres ! Donny a agi de cette manière pour calmer son épouvantable nouvelle femme… Je me demande où il va les chercher et pourquoi il les épouse ! C'est la cinquième ! Quant à Jerry… Si je n'avais pas été hospitalisée, il n'aurait jamais pu faire approuver son engagement par le comité directeur ! Donny serait ravi de m'éjecter de la direction, mais il n'y parviendra jamais…

— Ecoute, maman, intervint Dillon, tu ne crois pas que tu te laisses emporter par ton imagination ? Après tout, oncle Donny a autant intérêt que toi à ce que les affaires marchent. Si Jerry est aussi nul que tu le dis…

— Il est pire que tout ce que tu peux imaginer, crois-moi ! Sans parler de Donny ! Avec quatre ex-épouses à entretenir, il devrait me remercier à genoux de tout ce que j'ai fait pour la réussite des magasins. Mais non, il ne pense qu'à m'évincer. Il a toujours été comme ça… lui et tous les autres… depuis que je suis née. Si tu savais comme j'aurais aimé avoir une sœur, au lieu de cinq frères ! Avec tout ce que j'ai appris sur le sexe masculin en leur compagnie, j'aurais dû avoir le bon sens de ne pas me marier. Tu as de la chance d'être fils unique, Dillon…

Elle s'interrompit brusquement en voyant l'expression de son fils. Revenant à son intention première, elle l'implora :

— Dillon, s'il te plaît ! Nous ne pouvons pas nous permettre qu'une telle chose arrive. Nous avons besoin du talent de Jaz. Ses vitrines de Noël sont si innovantes que les gens vont à la boutique rien que pour les admirer ! Elle possède vraiment un don rare. Nous avons une chance folle qu'elle travaille pour nous, nous ne devons pas la perdre. J'ai des projets pour elle…

— Maman…

— Ne me laisse pas tomber, Dillon.

Surpris, Dillon regarda les yeux de sa mère se remplir de larmes. Jamais il ne l'avait vue pleurer… jamais !

— C'est si important pour moi…

— Inutile de me le dire ! s'exclama-t-il avec un mélange d'humeur et d'humour.

Il savait qu'il allait céder, en dépit de ses propres sentiments. Après tout, ainsi que sa mère l'avait souligné, il ne pouvait se permettre de voir ses actions se dévaloriser — pas maintenant, alors qu'il était si impliqué dans le ranch. C'était d'ailleurs la *seule* raison qui le poussait à aller tout de même en Angleterre, se dit-il avec fermeté.

— Jaz, j'aimerais te dire un mot.

Jaz eut un coup au cœur en voyant le nouveau directeur du magasin. Depuis son retour de La Nouvelle-Orléans, les choses n'avaient guère été faciles pour elle. Elle savait que tout ce qu'elle avait dit à Dillon était pleinement justifié, et qu'il n'aurait jamais pu y avoir de relation entre eux. Cela ne l'empêchait pas de regretter ce qu'ils avaient partagé, ou de rêver de lui et de s'éveiller avec le visage ruisselant de larmes parce qu'il lui manquait tant ! Elle n'avait nul besoin que le sort ajoute à son tourment avec les interventions indésirables de Jerry Brockmann dans son travail !

Après avoir rencontré la mère de Dillon, et l'avoir entendue parler avec enthousiasme de la boutique de Cheltenham et des projets qu'elle formait à ce sujet, Jaz ne s'était pas attendue qu'on leur parachute un directeur qui semblait faire systématiquement tout ce qui pouvait être contraire à l'esprit de la boutique. Déjà, ses initiatives commençaient à affecter le personnel et les clients !

Elle ne comptait plus les habitués émettant des commentaires défavorables parce que la boutique n'était plus parfumée, désormais, avec la senteur exclusive qu'elle avait elle-même choisie comme « signature » de l'enseigne.

— Mais c'est fait avec quoi, ce machin ? avait râlé Jerry lors de sa première réunion des chefs de rayon.

Il avait brandi la facture des parfumeurs sous le nez de Jaz, en continuant :

— Il y a de l'or dedans ? Pour que ça coûte une pareille fortune ? D'ailleurs, qu'est-ce qui nous obligerait à parfumer les lieux ? Il y a un problème de canalisations, ou quoi ?

— Cela crée l'ambiance. C'est ce que nos clients attendent, et ça les incite à acheter pour leur maison des parfums créés par des designers, avait calmement répondu Jaz, s'efforçant d'ignorer la grossièreté et l'impolitesse de Jerry.

Peu après, avant que Jerry ne tienne sa seconde réunion, Lucinda, la directrice des achats du rayon « Mode Créateurs », annonçait qu'elle comptait quitter l'entreprise.

— Il prétend qu'il va diviser mon budget par deux ! avait-elle expliqué à Jaz d'un air furieux. Tu te rends compte ? Après ce que tu m'avais dit sur la boutique de La Nouvelle-Orléans et son management, j'avais pressenti un ou deux jeunes designers qui montent, dans l'espoir qu'ils accepteraient de nous confier leurs créations… et voilà ce qui se passe ! Si je reste ici, je vais perdre ma crédibilité !

Jaz s'était sentie coupable et s'était efforcée de calmer le jeu. Lucinda avait cependant refusé de se laisser amadouer. « J'ai déjà donné ma démission ! » avait-elle conclu d'une voix coléreuse.

Là-dessus, Jaz avait découvert quelque chose de pire : sa meilleure amie dans l'équipe projetait elle aussi de s'en aller.

— Mais tu as toujours dit que tu adores travailler ici, Kyra ! s'était insurgée Jaz.

— C'était vrai avant, avait souligné Kyra. Plus maintenant. Jerry m'a convoquée dans son bureau, l'autre jour, pour m'informer qu'on devait miser sur des articles de moindre qualité pour le linge de lit et de maison. Il dit que nous tablons sur une clientèle trop restreinte.

— Est-ce que tu lui as expliqué que la grande distribution couvre déjà le marché et que nous ne pourrions pas rivaliser sur ce terrain ? Et que c'est parce que nous proposons uniquement du haut de gamme que nous avons eu droit à l'agrément de la reine ?

— Evidemment ! Qu'est-ce que tu crois ? s'était indignée Kyra. Ce type ne pense qu'à faire du chiffre et des ventes massives. Il ne comprend pas que ce n'est pas notre créneau. De toute façon, je lui ai fait savoir que je perdais mon temps avec lui et qu'il pouvait faire ce que je pense de son linge bas de gamme et du job ! Alors...

— Mon Dieu, Kyra ! s'était exclamée Jaz, compatissante.

— En fait, je me suis rendu service. J'ai une amie qui travaille à l'aéroport de Dubaï — le top du luxe, quoi — et elle assure qu'elle a une place pour moi là-bas, si je veux.

Jaz avait soupiré.

— Tu vas me manquer...

— Tu pourrais partir toi aussi. Je me demande d'ailleurs ce que tu attends. Ce n'est sûrement pas faute de propositions ! Je comprends très bien que tu te sois sentie tenue envers John tant que le magasin était encore à lui, mais maintenant...

— Je devrais peut-être songer à m'en aller, effectivement. Mais pas tout de suite. Pas avant...

— Pas avant d'avoir fait les vitrines de Noël, c'est ça ?

Tout le monde, à la boutique, connaissait l'attachement particulier de Jaz pour ses vitrines de Noël.

— Ce ne serait pas loyal, sinon, avait-elle dit à Kyra.

— Tu ferais mieux de penser à toi, au lieu de donner la priorité à la loyauté ! A ce propos... Je n'ai pas osé t'en parler plus tôt, mais tu n'es plus aussi gaie qu'avant, depuis ton retour de La Nouvelle-Orléans. Je ne veux pas être indiscrète, mais si tu as besoin de parler...

— Il n'y a rien de spécial à dire.

— Ni personne ? avait gentiment insisté Kyra.

Jaz avait senti perler des larmes à ses yeux, et sa gorge s'était serrée ; mais elle avait réussi à faire signe que non.

En un sens, c'était vrai. A quoi bon parler de Dillon ?

— Navré de m'immiscer entre toi et tes pensées, Jaz, dit soudain Jerry d'un ton ironique. Mais tu es censée travailler, non ? Dis-moi si je me trompe.

Le rouge aux joues, Jaz s'excusa.

— J'ai examiné les dossiers de John, reprit Jerry, et je n'y ai pas trouvé de devis budgétaires pour ton activité.

— Mon activité ne fonctionne pas sur un budget dé…

Jerry lui coupa abruptement la parole :

— Eh bien, ça va changer ! Dès maintenant ! Je veux voir ces devis sur mon bureau demain avant la fermeture.

Il partit en trombe avant que Jaz ait pu objecter ou expliquer quoi que ce fût. Elle resta seule, rouge de colère et de rancune, avec pour piètre consolation la pensée qu'elle n'était pas la seule à subir le comportement de Jerry.

Depuis son arrivée, l'ambiance de la boutique avait changé du tout au tout — et pas pour le mieux, selon Jaz !

L'un des chefs de rayon lui avait dit :

— Tu as prétendu que les boutiques américaines étaient superbes, merveilleuses, et tout à fait dans notre esprit. Comment est-ce possible ? Jerry cherche visiblement à transformer notre magasin en bazar d'articles bon marché avec des vendeurs qui font du rentre-dedans !

— Je ne comprends pas non plus ce qui se passe, avait dû admettre Jaz.

Un autre chef de rayon lui avait demandé :

— Tu ne pourrais pas parler à John ?

— Non, avait-elle répondu en secouant la tête. Il ne se sent pas très bien… son angine de poitrine s'est aggravée.

John allait si mal que, sur le conseil de son médecin, il avait dû quitter sa jolie maison de trois étages adjacente au magasin, où il avait pourtant passé presque toute sa vie.

Bien que la famille Dubois ait acquis cette maison en même temps que la boutique, elle avait accordé à John un bail de très longue durée, qui lui permettait d'occuper les lieux pour une bouchée de pain. Il avait été terriblement bouleversé lorsque le médecin lui avait annoncé qu'il avait le cœur trop fragile pour grimper l'escalier raide de la demeure.

Par chance, John possédait aussi un appartement en rez-de-chaussée dans une demeure victorienne restaurée non loin du lieu de résidence des parents de Jaz. Il y vivait à présent, sous la garde vigilante de sa gouvernante.

Comme Jaz était en quête d'un appartement après avoir vendu celui qu'elle occupait précédemment, il lui avait proposé d'occuper la maison londonienne en son absence.

Lorsque John lui avait fait cette proposition généreuse, elle lui avait demandé d'une voix incertaine :

— Tu es sûr que les Dubois ne s'en formaliseront pas ?

— Pourquoi le feraient-ils ? avait-il répliqué. D'ailleurs, bien que les lieux ne m'appartiennent plus véritablement, je serai plus tranquille en les sachant occupés par quelqu'un que je connais et en qui j'ai confiance, Jaz.

La nouvelle résidence de Jaz était pratique pour le travail même si, ces derniers temps, elle se sentait de moins en moins motivée. Il était cependant hors de question qu'elle parte ! Pas avant la fin des fêtes de fin d'année, en tout cas !

Dès le mois de janvier, elle avait commencé à réfléchir aux vitrines de Noël. Elle était revenue de La Nouvelle-Orléans avec une sensation mêlée de souffrance affective et de fierté, bien décidée à faire des étalages de Noël son chant du cygne !

Au début, elle avait hésité sur le thème à adopter pour ses vitrines. Elle avait déjà créé des « visuels » d'inspiration féerique et merveilleuse ou, comme l'année précédente, punks et branchés. Soudain, c'était venu ! L'idée forte, l'idée sur laquelle elle pourrait conclure sa collaboration une bonne fois pour toutes. C'était une idée tellement simple, intemporelle et... si juste !

Le thème de ses vitrines, cette année, ce serait la féminité sous toutes ses formes. Et sa « Femme moderne », l'héroïne de ses vitrines, serait, par défi contre Dillon, à la fois le pivot de son groupe familial et une personne indépendante, bien différenciée ! Chacune des vitrines dépeindrait l'une des facettes de cette femme moderne et exposerait des cadeaux superbes, irrésistibles, en accord avec cette facette. Jusqu'à l'ultime vitrine, où son héroïne réunirait toute sa petite famille devant une crèche de Noël, une Nativité nourrie de tout ce qui en faisait la force émotive.

Tout le monde considérait que les quelques semaines précédant Noël — moment où les vitrines étaient livrées au regard du public — constituaient l'apogée de l'année de Jaz. Pour sa part, elle préférait les moments exaltants où elle concrétisait ses idées, esquissait, peaufinait ses visuels...

Cette année, elle avait consacré plus de temps que de coutume à concevoir des projets, qu'elle n'avait cessé de modifier ensuite. Pourquoi ? Parce qu'elle ressentait le besoin de se prouver qu'elle avait pris la bonne décision ? Par désir de trouver dans la réussite éclatante de ses ambitions une compensation à ce qu'elle avait perdu ?

Non ! Bien sûr que non ! pensa-t-elle. Elle voulait tout simplement faire du bon travail... voilà tout !

A présent, son projet d'ensemble était pratiquement abouti. Il ne lui restait qu'une recherche particulière à mener sur un point essentiel, et elle avait pris les dispositions nécessaires dans ce but.

Jaz avait la manie du détail, de la perfection. Pour sa « Femme moderne », il lui fallait un modèle authentique, bien réel. Une femme qui réunissait tous les éléments de sa création fictive : aimée et estimée par son compagnon, elle avait cependant préservé pour elle-même une existence autonome. Ce que Jaz recherchait comme modèle, c'était une femme qui avait des buts personnels et aimait à les réaliser, et qui cependant tenait par-dessus tout à ses enfants et à sa famille. Bref, c'était la femme qu'elle avait elle-même espéré devenir... jusqu'à ce que Dillon fracasse son rêve !

Par chance, elle connaissait quelqu'un incarnant son idéal. Sa cousine Jamie, âgée d'une trentaine d'années, dirigeait elle-même sa propre entreprise et habitait une merveilleuse maison de campagne avec son mari et leurs deux enfants.

En fait, s'il était quelqu'un à qui Jaz aurait pu être tentée de parler de Dillon et de son attitude aussi lamentable que déraisonnable, c'était justement Jamie. Mais Jaz se refusait à se montrer aussi pathétique !

Afin de pouvoir observer de près sa vie de famille, et s'assurer qu'elle avait bien capté la juste tonalité en ce qui concernait sa « famille modèle » fictive, elle s'était invitée pour un jour ou deux chez sa cousine.

Bientôt, lorsque le milieu du commerce de détail s'ébahirait de son génie, elle aurait la satisfaction de savoir qu'elle avait pris la bonne décision, qu'elle avait su être fidèle à elle-même.

4.

Du soleil en Angleterre, en plein automne ! ironisa Dillon en son for intérieur. Rien n'était moins approprié à son humeur du moment ! C'était bien joli d'avoir cédé sa place d'avion en première à une jeune mère de la classe économique épuisée par un petit enfant rebelle. Ça lui vaudrait sans doute un bon point auprès des instances célestes, mais en attendant, il payait le prix de sa générosité en subissant le contrecoup d'une nuit passée sur un siège étroit, lui qui mesurait un bon mètre quatre-vingt-cinq !

Cela dit, son état d'esprit morose n'était pas entièrement à mettre au compte d'une mauvaise nuit de sommeil…

Alors qu'il montait dans sa voiture de location, prêt à prendre la route pour Cheltenham, il s'efforça de ne pas penser à Jaz, à la façon dont ils avaient fait l'amour, avant que leur effroyable dispute la pousse à sortir de sa vie…

Il était près de midi lorsqu'il arriva à Cheltenham. Pendant près d'une heure il traîna dans la boutique, étudiant le personnel et les clients, sans que personne l'identifie. Cela ne se produisit qu'au moment où, après avoir choisi pour sa grand-tante qui les collectionnait un ravissant éventail ancien, il paya avec sa carte de crédit.

Ce fut par hasard le chef de rayon qui le servit. Il reconnut aussitôt son nom et, discrètement, dépêcha un jeune employé auprès de Jerry, afin de l'avertir de la présence de Dillon.

Jaz marqua une pause au milieu du magnifique escalier menant du rez-de-chaussée au département « Mode Créateurs » du magasin, en s'efforçant de ne pas ressasser sa récente altercation avec Jerry. Elle préféra se concentrer sur le plaisir et la fierté qu'elle ressentait toujours lorsqu'elle contemplait le cœur du magasin depuis ce point de vue.

La mère de Dillon avait été très impressionnée par la présentation unique que Jaz avait conçue pour la boutique, au point de vouloir l'adapter pour les magasins américains.

A l'étage de la mode femme, les vêtements étaient présentés sur des canapés anciens couverts de brocart ; le rayon des cosmétiques s'abritait dans un « boudoir ». La salle à manger du building d'origine, repeinte en rouge géorgien, accueillait la présentation des porcelaine, verrerie et argenterie haut de gamme. Tous ces détails précieux conféraient son caractère unique à la boutique de Cheltenham — singularité que Jerry semblait, pour Dieu sait quelle raison, acharné à détruire, songea tristement Jaz.

Son regard errait sur le rez-de-chaussée lorsqu'elle se figea en apercevant une silhouette familière.

Dillon ? Dillon ici, à Cheltenham ? Il était venu lui dire qu'il regrettait, qu'il avait compris son erreur...

Le plus éclatant des feux d'artifice n'aurait pu rivaliser avec la joie brutale, jubilatoire, que Jaz ressentit en dévalant l'escalier.

— Dillon !

Comme elle criait son nom, il la regarda avec une expression indéchiffrable. Comment avait-elle pu oublier la puissance dangereuse et excitante de sa virilité ? se demanda-t-elle, le cœur emballé.

— Dillon !

43

Elle l'avait presque rejoint, maintenant !

— Dillon…

Ses doigts effleurèrent la manche de son veston alors qu'elle levait les bras vers lui, s'attendant qu'il lui ouvre les siens, l'étreigne, et…

— Salut, Dillon ! Pourquoi n'es-tu pas monté directement au bureau ? Donny a dit que tu arriverais aujourd'hui.

Dillon regardait arriver Jerry… Ansi, Jerry *attendait* Dillon. Autrement dit, pensa Jaz avec abattement, il n'était pas venu la voir, comme elle l'avait stupidement cru.

— Qu'est-ce que tu fiches ici ? Tu devrais être en train de travailler, non ?

Tout à la douloureuse réalisation de son erreur, Jaz mit quelques instants à comprendre que l'aigre apostrophe de Jerry s'adressait à elle.

Elle s'empourpra, puis vit que Dillon la regardait. Ce n'était certes pas de l'amour qu'elle lisait dans ses yeux ! se dit-elle douloureusement.

Jerry, lui, continuait :

— Bon sang, Dillon, tu n'as pas idée de ce que je dois encaisser de la part de ces gens ! Je ne voudrais pas critiquer ta mère, mais Donny avait raison de mettre en cause l'achat de ce magasin. Si tu voyais les cadres ! Et les comptables ! Ils n'en touchent pas une ! Quant au temps qu'on perd…

Il haussa le ton en toisant Jaz :

— Je croyais t'avoir dit de faire tes devis ! Ils sont prêts, ou est-ce que tu ignores comment on organise un budget ?

Jaz se sentit rougir de colère, de chagrin et d'embarras.

— Tu me les as demandés pour demain après-midi, rappela-t-elle à Jerry.

Pour une raison qui lui échappait, Dillon s'était rapproché d'elle. Elle ressentit un pincement au cœur : il n'y a pas si longtemps, elle aurait cru qu'il ferait cela pour la protéger. Mais après le regard qu'il

44

lui avait jeté à son arrivée, elle ne se faisait plus de telles illusions !
Il jouissait sans doute d'entendre Jerry la critiquer et l'humilier !

— Tu vois ce que je disais ? lança Jerry à Dillon. Chez nous, on m'aurait déjà remis ces budgets. Ici, tout le monde s'en fout ! De toute façon, il y a un excédent de personnel. Si on veut que ce magasin rapporte, il y a de sacrés changements à faire, crois-moi ! A commencer par virer les improductifs ! Enfin, bienvenue à bord tout de même. Ce sera bon d'avoir ton soutien. Monte donc au bureau…

— Je te rejoins dans une minute, assura Dillon.

Jerry se renfrogna en entendant sonner son portable.

— C'est Donny, dit-il. Bon, eh bien, y a pas de souci. Tu viens quand tu veux.

Dillon attendit que Jerry soit parti pour se tourner vers Jaz. Alors qu'il effectuait cette manœuvre, elle tourna les talons.

— Une seconde ! lança-t-il en la retenant par un bras.

Le regard flamboyant d'orgueil et de colère, elle lui jeta :

— Lâche-moi !

— Un instant, s'obstina Dillon.

Il enchaîna aussitôt en fronçant les sourcils :

— Est-ce que Jerry est toujours comme ça ?

— En règle générale, tu veux dire, ou juste avec moi ?

— Parce que ça fait une différence ?

— Je n'en sais rien, à toi de me le dire ! Et pendant que tu y es, tu pourrais m'expliquer aussi pourquoi tu tiens à le savoir ! Par inquiétude pour le moral de l'équipe ? Ou parce qu'il ne te déplairait pas d'apprendre qu'il ne s'en prend qu'à moi ? Après tout, nous savons tous les deux que tu serais ravi de me voir punie ! Un homme comme toi ne supporte pas qu'une femme préfère conserver son autonomie et sa carrière plutôt que de vivre dans un trou perdu sous ta férule !

Jaz ignorait pourquoi elle agissait ainsi ; elle réalisait vaguement que cela était en rapport avec la présence de Dillon et le fait qu'elle avait failli se ridiculiser avant de comprendre qu'il n'était pas là pour elle. Quelle que soit la raison de son agressivité, elle n'allait pas battre en retraite maintenant et n'en avait d'ailleurs pas l'intention !

— A moins que ton inquiétude n'ait un autre motif ? continua-t-elle. Tu crains peut-être que la firme Dubois soit poursuivie parce qu'elle encourage le harcèlement de ses employés ?

— Ecoute…, commença Dillon, non sans véhémence.

Elle le sentit tirer sur son bras pour l'attirer vers lui. Prise de panique parce qu'elle redoutait sa propre réaction et leur rapprochement, Jaz griffa la main qui la retenait.

— Espèce de tigresse ! s'écria Dillon incrédule, tandis qu'ils regardaient fixement tous deux les marques sanglantes que les ongles de Jaz avaient imprimées sur sa chair.

Malgré lui, il réagit à sa présence et à sa colère.

Un instant plus tôt, il avait eu toutes les peines du monde à ne pas saisir Jerry au collet pour lui ordonner de laisser Jaz tranquille. A présent, c'était elle qu'il avait envie de saisir ! Pour coller sa bouche à la sienne et lui extirper son venin…

D'instinct, Jaz recula. Il ne fallait pas qu'il la touche ! Il ne fallait pas qu'il mette à mal son système de défense ! Cependant, le vif éclat de son regard n'était pas dû au désir, s'avisa-t-elle, mais à la colère.

— Lâche-moi, Dillon, lui intima-t-elle à voix basse. On nous observe ! Et puis, j'ai du travail, l'aurais-tu oublié ?

Comme il regardait autour de lui, Jaz profita du fait qu'il relâchait momentanément son emprise pour se dégager.

L'air sombre, les mâchoires serrées, Dillon la suivit des yeux en sentant monter en lui une poussée d'adrénaline.

A l'instant où il avait revu Jaz, il avait éprouvé le besoin urgent de faire pression sur elle, de la supplier d'accorder à leur « couple » une deuxième chance… et ce besoin avait été d'une intensité farouche ! En fait, s'il n'y avait pas eu Jerry, il n'aurait pu s'empêcher de la prendre dans ses bras ! Pourquoi ne voyait-elle pas qu'ils étaient faits pour être ensemble ? Pourquoi ne réalisait-elle pas qu'il avait raison ?

Si elle l'avait aimé, elle s'en serait rendu compte, se corrigea-t-il avec amertume. Il n'allait certes pas se soucier d'une femme qui ne l'aimait pas vraiment !

Jaz avait quitté Dillon près d'une heure auparavant. Depuis, elle ne cessait de sursauter chaque fois qu'elle entendait un pas dans le couloir, devant son atelier.

Les budgets qu'elle était censée établir, limités à quelques notes lapidaires, n'avaient guère avancé ! Pour le moment, elle n'était même pas capable de réfléchir à une chose aussi simple que son menu du soir. Alors, s'investir dans une tâche autrement plus compliquée… Toutes ses pensées tournaient autour d'un seul thème : Dillon Dubois !

Oh ! ce n'est pas qu'il méritât cette attention exclusive ! Il n'était pas plus digne de ses pensées que de son amour. D'ailleurs, de quel amour voulait-elle parler ? songea-t-elle avec agacement. Elle n'aimait pas Dillon ! Elle avait cessé de s'intéresser à lui ! Aurait-il pu en être autrement, après la façon dont il l'avait traitée, dont il lui avait révélé l'étendue de son égoïsme et de sa tyrannie… et le peu d'importance qu'il accordait aux rêves et aux ambitions qu'elle nourrissait ?

Il était impossible qu'elle aime un homme tel que lui !

Ce qu'elle éprouvait en cet instant, pensa-t-elle avec conviction, c'était de la colère contre elle-même à cause de sa stupide réaction en le revoyant. Heureusement, elle s'était ressaisie et lui avait signifié sa façon de penser !

Comment avait-elle pu croire qu'il était venu pour elle alors que le contraire était évident ? Au fait, pourquoi était-il ici ?

Avait-on dépêché Jerry à Cheltenham pour « faire le ménage » dans le personnel et éviter d'éventuelles poursuites contre la *Dubois Corporation* ? Cette hypothèse tirée par les cheveux relevait plutôt de la paranoïa, non ?

En tout cas, Jerry avait laissé entendre que Dillon était venu l'épauler. A en juger par la réaction de Dillon envers elle, il prendrait sûrement plaisir à lui rendre la vie infernale !

Eh bien, elle n'allait pas céder et permettre qu'on l'éjecte de son poste ! Elle aimait ce travail. Lorsqu'elle quitterait le magasin — si toutefois elle le quittait un jour —, ce serait au moment où elle l'aurait décidé, et dans les termes qu'elle-même aurait fixés. Personne ne l'intimiderait ou ne la ferait fuir, et surtout pas Dillon Dubois !

Jaz consulta sa montre. Elle était censée prendre une demi-journée, aujourd'hui, mais l'après-midi était déjà bien avancé…

Dans les périodes de crise de son existence, elle avait toujours trouvé une échappatoire dans son travail. Fourrant les papiers épars sur son bureau dans un tiroir, elle se leva. Elle allait se réfugier chez John, à l'abri dans son appartement temporaire, pour y travailler loin de Dillon et de toute tentation…

Un tentation ? Mais laquelle, bon sang ? Elle n'était certes pas en danger d'être exposée à la tentation, quelle qu'elle fût ! Sauf peut-être celle de dire à Dillon Dubois qu'il était à ses yeux le plus insupportable, le plus borné, le plus égoïstement sexy, le plus arrogant de tous les machos !

Furieuse contre elle-même, Jaz grimaça. Un bain prolongé, joint à l'écoute d'une cassette de relaxation, n'avait pu calmer l'effet perturbateur de sa brève entrevue inattendue avec Dillon…

Passant un peignoir, elle se rendit dans la chambre d'amis. Le travail lui ferait oublier Dillon, du moins l'espérait-elle, et le chasserait de son esprit. De son cœur aussi ?

Elle refoula cette interrogation traîtresse avec colère. Il n'avait aucune place dans son cœur, elle l'en avait expulsé et entendait bien qu'il reste à la porte !

48

« Tu as du boulot », se remémora-t-elle. Ce serait plus sain et constructif de travailler que de ressasser et se morfondre à cause de ce qui s'était passé au magasin !

Jaz ouvrit le carton de croquis contenant ses esquisses pour les vitrines de Noël.

La première vitrine mettrait en scène son héroïne, sa « Femme moderne », chez elle, en train d'examiner sa liste de cadeaux. Jaz la représentait environnée de présents épars sur le sol avec des rubans et du papier d'emballage. N'était-ce pas le meilleur moyen de montrer les divers papiers cadeau disponibles dans la boutique ? Il y aurait, bien en vue sur une table basse, la photographie de la famille de l'héroïne, afin que les clients sachent pour qui elle avait choisi ces objets.

Jaz sourit en examinant ses dessins. Pour l'instant, c'était plutôt réussi. Elle avait simplement esquissé l'emplacement où seraient disposés les cadeaux — des cahiers de texte, un ordinateur portable, un équipement de golf, un livre de cuisine : *Repas simples pour célibataires*. Ces cadeaux n'avaient toutefois rien de traditionnel ! Dans son désir de représenter la complexité de la « Femme moderne » et de sa vie de tous les jours, Jaz avait choisi d'être un peu polémique : les cahiers de texte et l'ordinateur étaient destinés à la belle-mère de son héroïne, qui avait toujours secrètement désiré terminer ses études ; le livre de cuisine revenait au beau-père qui devrait apprendre à être plus autonome, puisque sa femme reprenait le chemin de l'université. L'équipement de golf n'était ni pour le mari ni pour le père de l'héroïne, mais pour le cadet de ses fils, qui rêvait de devenir golfeur professionnel.

Afin que les spectateurs comprennent tout cela, Jaz avait eu l'idée de mettre en scène dans les autres vitrines un membre de la famille fictive, accompagné de deux bulles exprimant ses pensées, comme dans une bande dessinée. L'une des bulles présentait le cadeau traditionnel que ce personnage s'attendait à recevoir, et l'autre ce qu'il ou elle désirait réellement ; son environnement visuel révélait son moi intime, pour faire écho à ses véritables désirs.

C'était un projet complexe et ambitieux, mais Jaz savait qu'il fonctionnerait. Il ferait naître la réflexion et l'intérêt — une bonne chose pour le magasin et, elle l'espérait, pour les clients aussi ! Ils seraient peut-être tentés de se montrer plus audacieux en choisissant les cadeaux !

Pour ce qui était de la dernière vitrine, Jaz avait conscience de céder un peu au sentimentalisme en réunissant sa famille fictive devant la crèche traditionnelle. En fait, elle espérait signifier ainsi que sa « Femme moderne » — dépeinte par ailleurs occupée à quêter un équilibre entre sa carrière, sa vie affective et ses responsabilités familiales — n'avait pas perdu le contact avec les réalités de l'existence. C'était pourquoi Jaz souhaitait mettre en avant, dans la vitrine consacrée à la crèche, la mère de l'Enfant Jésus.

En revanche, pour la vitrine consacrée aux cadeaux que son héroïne recevait de ses proches, Jaz avait un problème. Pour l'instant, son projet tournait autour de l'idée suivante : les membres de la famille lui offraient de très belles boîtes anciennes et modernes, contenant chacune l'expression des sentiments de la personne qui faisait le présent : « joie », « amour », « bonheur »… Cependant, Jaz se rendait compte qu'il lui restait encore du travail à accomplir sur ce concept !

D'autres dessins et notes, provisoirement rejetés, étaient étalés sur le lit de la chambre d'amis. Seuls les membres de l'équipe de Jaz avaient connaissance des « visuels » avant leur exposition en public. C'était aussi pour cette raison qu'elle était contente de pouvoir travailler à l'abri de la maison d'oncle John qui jouxtait le magasin…

Pestant toujours après son altercation avec Jaz, Dillon quitta le magasin pour son lieu de séjour temporaire, bien résolu à se reposer et à ne plus penser à elle. Vu le caractère impromptu de son voyage, il n'avait pas réussi à trouver une chambre d'hôtel convenable à Cheltenham. Lorsqu'il l'avait signalé à sa mère, elle l'avait accusé de chercher un prétexte pour ne pas partir.

— Tu peux séjourner chez John, comme je l'aurais fait moi-même, avait-elle répondu. Quand il est venu, il m'a dit que sa maison a deux chambres, chacune avec salle de bains attenante, et qu'il serait ravi de nous recevoir quand nous le voudrions. Nous n'aurions qu'à lui téléphoner pour l'avertir.

— O.K., avait soupiré Dillon qui se voyait battu.

Il venait de passer deux heures à peine au magasin, mais il lui semblait déjà évident que Jerry déstabilisait le personnel et provoquait un sacré mécontentement. Quant à la façon dont il s'était adressé à Jaz…

Dillon se rembrunit en montant les trois marches en pierre menant à la porte de la maison de John. Pourquoi ne cessait-il de penser à Jaz ? Elle n'était pas, de toute évidence, celle qu'il recherchait. C'était une femme vouée à sa carrière et qui n'avait nul besoin qu'il devienne son héros !

Ah ! les femmes carriéristes ! songea-t-il en soulevant le heurtoir de la porte. Pourquoi fallait-il qu'elles lui empoisonnent l'existence ?

En entendant frapper, Jaz poussa un soupir exaspéré. Elle n'attendait personne et n'était pas en tenue pour recevoir ! Faisant la sourde oreille, elle se concentra sur sa tâche.

Dehors, Dillon eut un geste exaspéré. Puis il se rappela que John était âgé, et cardiaque de surcroît. Il ne devrait d'ailleurs pas vivre dans une maison de trois étages, se dit-il en fronçant les sourcils. Une nouvelle fois, il souleva le heurtoir et le laissa retomber plus fort.

Avec un grognement d'irritation, Jaz enregistra ce deuxième coup. Quelle que fût la personne qui lui rendait visite, il était clair qu'elle ne s'en irait pas comme cela. Jaz se leva, sortit de sa chambre et descendit l'escalier.

Dillon commençait à se demander si sa mère n'avait pas communiqué à John une date d'arrivée erronée, lorsque la porte s'ouvrit brusquement.

Ce n'était pas le viel homme qui se tenait sur le seuil et le toisait d'un air belliqueux, mais Jaz.

— Toi ! s'exclamèrent-ils de concert.

5.

Dillon fut le premier à se ressaisir.

— J'aimerais voir John, dit-il sèchement.

— John ? répondit Jaz avec un imperceptible soupir de soulagement.

Elle avait craint un instant qu'il ne soit venu poursuivre la dispute qu'ils avaient eue au magasin.

— Oui, John, insista Dillon sardonique. Il vit ici, non ? Et je ferai de même pendant quelques semaines. Alors, voudrais-tu avoir l'obligeance de l'avertir que je suis arrivé ?

— Quoi ? Non ! rétorqua Jaz en secouant farouchement la tête. Non ! Tu ne peux pas rester ici !

Véritablement excédé. Dillon se persuada que c'était le décalage horaire qui le faisait réagir ainsi, que cela n'avait rien à voir avec Jaz. Il demanda d'un ton menaçant :

— Vraiment ? Et pourquoi, s'il te plaît ?

« C'est la colère qui me fait trembler comme ça, rien d'autre », voulut se convaincre Jaz.

— Parce que c'est *moi* qui habite ici, souligna-t-elle.

Elle ajouta précipitamment en voyant le regard de Dillon :

— John m'a invitée à le faire. Son angine de poitrine s'est aggravée, alors il a déménagé. Il ne m'a d'ailleurs pas dit que tu séjournerais ici ! conclut-elle d'un ton de défi.

— Eh bien, il n'a pas mentionné non plus ta présence ! rétorqua Dillon.

Il souleva son sac de voyage, entra puis referma la porte d'un geste résolu, Jaz s'insurgea avec véhémence :

— Non… non, tu ne peux pas entrer !

— Vraiment ? dit-il d'une voix délibérément traînante. Et qui va me chasser d'ici, chérie ? Toi, peut-être ?

— Je t'interdis de m'appeler « chérie » !

— Ah ? Pourtant, tu ne t'en plaignais pas, avant. Au contraire ! Je me souviens même que ça semblait te ravir !

Il ajouta avec l'air insolent :

— En tout cas, c'est l'expression que tu avais.

Elle explosa de colère :

— Il n'y a rien de plus méprisable et de plus haïssable qu'un homme qui veut soumettre une femme, se comporte en brute épaisse et insensible, et s'acharne à prouver sa soi-disant supériorité en se vantant de… d'une conquête sexuelle imaginaire !

— Imaginaire ? Ce qui s'est passé entre nous — la façon dont tu t'es donnée à moi — n'avait rien d'imaginaire ! Attention, chérie… certains hommes ont parfois le manque de galanterie de voir dans ce genre d'accusation une incitation, une invite… un défi qu'on leur lance.

— Comment oses-tu proférer une telle énormité ? s'exclama Jaz. Je ne suis pas du genre à lancer une « invite » à un homme ! Et à toi moins qu'à tout autre ! Je ne veux rien de toi, Dillon, si ce n'est que tu me débarrasses de ta présence ! Tu ne peux pas rester ici !

Tout en lançant ces mots, elle songea qu'il avait l'air… plus grand qu'avant, plus athlétique… Etait-il possible que Dillon fût encore plus viril que dans son souvenir ?

— Je n'ai pas le choix, déclara-t-il, laconique. Je n'ai pas d'autre endroit où aller.

Jaz fronça les sourcils. Elle n'ignorait pas qu'il y avait un regain d'activité en ville, à cette période de l'année, et que la plupart des hôtels affichaient complet. Il était cependant hors de question que Dillon la contraigne à lui céder la maison ! Du moins, pas avant qu'elle n'ait parlé à John.

— Qu'attends-tu pour aller loger avec Jerry ? suggéra-t-elle méchamment. Il paraît qu'il a une suite au Grand Hôtel…

— Loger avec Jerry ? Plutôt aller vivre avec une hyène !

Se taisant brusquement, il enveloppa Jaz d'un long regard qui la fit rougir jusqu'au front.

— C'est la coutume, en Angleterre, qu'une femme ouvre sa porte en peignoir de bain ? reprit-il d'un ton provocateur. C'est drôle ! Chez nous, cela passe pour une sollicitation…

— Je n'attendais personne ! se défendit vivement Jaz. Et je n'aurais pas ouvert si…

— Tu avais su que c'était moi ? acheva Dillon à sa place. Pourtant, j'ai eu comme l'impression, tout à l'heure, que tu étais plus que disposée à m'accueillir très chaleureusement…

Jaz eut un sursaut indigné. Il avait remarqué sa réaction… Eh bien, il était temps de lui mettre les points sur les i !

— C'était une erreur, dit-elle, l'air hautain. J'ai cru que…

— Oui, je t'écoute.

— Que tu étais revenu à la raison et que tu voulais me faire des excuses, assena-t-elle avec un sourire mauvais.

Avec une indignation toute masculine, Dillon s'exclama :

— Moi, te faire des excuses ? Tu divagues ! Soyons clairs : si je suis ici, c'est pour une seule et unique raison, et elle n'a rien à voir avec des excuses ! Envers qui que ce soit !

— Je vois… Pourquoi es-tu venu, alors ?

Dillon se détourna à demi pour dissimuler son expression. Il ne pouvait apprendre maintenant à Jaz la mission dont sa mère l'avait chargé. Dans l'état d'esprit où elle se trouvait, elle lui donnerait sans doute sa démission… séance tenante !

— Je ne peux rien dire, biaisa-t-il. Il s'agit d'une affaire de famille…

Jaz eut un coup au cœur : elle avait vu juste ! Adoptant une attitude désinvolte qui était loin d'être sincère, elle haussa les épaules en disant :

— Inutile de faire tant de mystères. J'ai déjà deviné la raison de ta présence, et j'aime autant te dire que tu perds ton temps ! Il y a des lois dans ce pays, pour ce genre de choses, figure-toi !

Elle n'était absolument pas sûre de ce qu'elle avançait, mais comptait bien lui montrer qu'elle ne se laisserait pas intimider.

Dillon encaissa sa réaction avec un air assombri. Depuis qu'il avait été témoin de la mercuriale que Jerry lui avait infligée, il n'était guère surpris qu'elle songeât à partir. Or, il connaissait sa mère : elle n'admettrait pas qu'il se plie à la décision de Jaz sans avoir tout tenté pour la faire changer d'avis.

« Tu n'apprendras donc jamais rien ? » se dit-il avec amertume. Depuis toujours, sa mère avait été un élément hautement perturbateur dans son existence. S'il avait suivi son instinct, il ne serait pas venu à Cheltenham ; mais il s'y trouvait, maintenant, et n'allait pas subir les veto de Jaz ni lui accorder partie facile.

Alors qu'il se dirigeait vers l'escalier, elle lui demanda :

— Où vas-tu ?

— Au lit, répondit-il aussitôt.

— Ah non, pas question ! Pas ici !

Un pied sur la première marche, Dillon se tourna vers elle avec une expression éloquente et dit d'un ton trop poli pour être de bon augure :

— Je croyais avoir été clair, Jaz. Tu dors où bon te semble, et moi aussi. Pour le moment, je choisis de dormir ici. Si cela te déplaît, ne te gêne surtout pas pour trouver un lit ailleurs.

Jaz le foudroya du regard.

— C'est à moi que John a proposé cette maison. Je n'en partirai que s'il me le demande !

De quel droit attendait-il qu'elle parte ? C'était à lui de trouver un gîte ailleurs !

Dillon posa son bagage et la toisa en croisant les bras.

— Je viens de traverser l'Atlantique, et je ne suis pas d'humeur à supporter une dispute. J'ai besoin d'un bon lit et de huit heures de sommeil, et je les aurai.

— Possible, mais ce ne sera pas ici !

— Oh ! si. Ici, et tout de suite !

— Je ne partirai pas tant que John ne me l'aura pas demandé ! redit Jaz avec force.

Elle était furieuse. Ah ! Dillon tentait de la contraindre ? Eh bien, pas question ! D'ailleurs, elle ne savait où aller de façon aussi improvisée, sauf chez ses parents…

— Nom d'un chien ! s'exclama rageusement Dillon. Il faut croire que tu aimes le danger, ma parole ! Je te préviens, Jaz, ne tire pas trop sur la corde. Tu pourrais t'en mordre les doigts ! Je ne sais pas ce qui me retient de…

— De quoi ? lança-t-elle témérairement. De me traiter comme tu l'as fait à La Nouvelle-Orléans ? Oh non ! Dillon, ça non… n'y compte pas !

— Tu n'as guère protesté sur le moment, si j'ai bonne mémoire, rétorqua-t-il d'un air sombre.

Elle pouvait clamer maintenant qu'elle ne le désirait pas, mais elle n'avait certes pas feint ses réactions lorsqu'ils avaient été amants ! Si elle continuait à l'asticoter, il pourrait être tenté de le lui prouver…

— Qu'est-ce que tu attends pour faire un tour en ville ? lui suggéra-t-elle. Ce serait une excellente façon de te calmer et de trouver une chambre d'hôtel !

Cette fois, c'en était trop ! pensa Dillon. Marchant vers Jaz, il marmonna :

— Ne pousse pas ta chance. Parce que la seule manière dont j'aimerais me défouler, pour le moment, c'est de te…

Dillon était conscient de l'évolution de la situation, de son caractère explosif et risqué. Il réalisait également que sa propre colère se nourrissait d'émotions qu'il n'aurait pas dû ressentir. Jaz cherchait à le provoquer…

Jaz se rendait compte que les choses allaient trop loin et se sentit soudain très vulnérable. Leur entente sexuelle avait été si forte, si absolue ! Aurait-elle la force de résister s'il…

Quelque part au fond de son esprit, la petite voix de la prudence la mettait en garde, soulignant que l'ambiance avait changé, passant de la colère à l'excitation sensuelle. Oh ! pourquoi ne pouvait-elle maîtriser ses sentiments, lorsqu'il s'agissait de Dillon ?

— Tu n'oserais jamais, murmura-t-elle pourtant.

— Ah, tu crois ça ?

La douceur redoutable de son intonation alarma aussitôt Jaz. Il franchit la distance qui les séparait, l'emprisonna entre ses bras et s'empara de sa bouche avec l'exigence d'un homme qui n'acceptera pas un rejet.

Une onde brûlante de nostalgie et de désir brut la prit d'assaut. Elle avait tellement faim de Dillon, de ses caresses, du contact de sa bouche et de son corps ! Avec un gémissement sourd, elle leva les mains pour le toucher puis se figea brusquement, écœurée et horrifiée par sa propre faiblesse.

— Non !

Son refus, lâché d'une voix étranglée, rappela brutalement à Dillon ce qui les séparait et le stoppa net dans son élan. Il ne put cependant chasser la vision gravée dans son esprit : Jaz écrasée sous lui, nue, défaillante, subissant la punition qu'il lui infligeait pour chacun des mots âpres qu'elle avait prononcés, pour son refus d'être telle qu'il la voulait, telle qu'il avait besoin qu'elle soit.

— Tu as raison, lui assena-t-il. Tu ne saurais être celle que je veux. Tu n'es pas ce que je croyais !

L'amertume de Dillon choqua Jaz. Etrangement, elle avait bien plus de mal à l'encaisser que sa colère. Soudain, un sentiment de deuil et de désolation l'envahit. D'instinct, elle chercha à le refouler. Elle refusait de se laisser aspirer dans un noir maelström de désespoir et de souffrance comme celui qui l'avait happée à son retour de La Nouvelle-Orléans. A cette seule idée, elle éprouvait une peur panique. Elle le comprenait en cet instant : elle n'avait jamais voulu admettre l'étendue de cette souffrance...

Dillon était le premier homme qu'elle eût véritablement aimé, auquel elle eût fait confiance. Elle avait cru en lui et s'était donnée corps et âme. Aujourd'hui encore, dans ses moments les plus sombres, elle était tourmentée à l'idée que Dillon était le seul pour qui elle ait éprouvé, et éprouverait jamais, de tels sentiments. Cependant, elle se targuait d'être forte et d'avoir du caractère. Elle avait dû se reposer sur cette force en grandissant et en devenant adulte ; elle se voyait maintenant amenée à faire encore appel à elle...

Le coup de foudre au premier regard, l'union instantanée de deux cœurs, de deux esprits et de deux âmes, le partage de buts communs sur lesquels fonder un amour à vie... c'était tout cela qu'elle avait cru trouver avec Dillon, et elle s'était radicalement, terriblement trompée !

Si fragile et attirante que fût Jaz dans son peignoir, avec ses cheveux négligemment retenus en arrière, son visage empourpré net de tout maquillage, Dillon savait ce qu'elle était vraiment : la femme la plus entêtée qu'il eût connue, la plus belliqueuse, la plus indépendante, la plus dans l'erreur... Pourquoi, bon sang, la nature avait-elle jugé bon de la doter d'un corps aussi affolant et sensuel ? Le genre de corps qui éveillait en lui des désirs multiples, presque douloureux... Elle possédait une taille de guêpe, des hanches merveilleusement arrondies et de longues jambes fuselées. Quant à ses seins...

Pourquoi n'avait-elle pas une personnalité qu'il pût trouver tout aussi irrésistible ? Une personnalité en accord avec la sienne ?

Abdiquer était un verbe qui ne faisait pas partie du vocabulaire émotionnel de Dillon. Après tout, il avait eu beau supplier sa mère de rester auprès de lui, elle n'avait jamais cédé, n'est-ce pas ? Il n'avait pas non plus beaucoup de goût pour le mot « compromis ». Pourtant, en cet instant…

Il ferma les yeux.

Les pensées qui lui venaient étaient aussi inédites que dangereuses. D'instinct, il lutta pour les chasser, tout comme il avait lutté sa vie durant pour conserver son indépendance affective si durement acquise.

S'il avait su où aller, il aurait fui séance tenante. Le seul fait de se sentir suffisamment faible pour envisager le moindre compromis le rendait furieux contre Jaz mais surtout contre lui-même. Malheureusement, il n'avait d'autre refuge que la maison de John, et il n'en était que trop conscient !

« Mais qu'est-ce que j'attends pour m'en aller d'ici ? » pensa misérablement Jaz.

Soit, il lui faudrait deux grandes heures pour aller chez ses parents… et tout autant pour se rendre au bureau chaque matin. Mais au moins, là-bas, elle serait à l'abri…

« A l'abri de quoi ? se demanda-t-elle avec ironie. De tes propres idées, peut-être ? »

D'ailleurs, pourquoi aurait-elle battu en retraite face à Dillon ? Pourquoi lui aurait-elle permis de la rudoyer ? C'était à elle qu'oncle John avait accordé l'usage de sa demeure !

— Tu peux dire et faire ce que bon te semble, décréta-t-elle. Je ne partirai pas.

— Ne me provoque pas, gronda Dillon.

Elle lui décocha un regard empreint d'amertume et sentit avec horreur ses yeux se remplir de larmes. Comme venu d'un autre monde, elle entendit l'écho de la voix rauque de Dillon, lui murmurant : « Tu me tentes et me tourmentes de mille et une manières, toutes aussi délectables, et qui n'appartiennent qu'à toi. »

60

C'était le soir de leur rencontre… le soir de leur premier baiser…

— Je vais aller chercher le reste de mes affaires dans ma voiture, reprit Dillon. Et quand je reviendrai…

— Oui, qu'est-ce que tu feras ? lui rétorqua-t-elle, heureuse que la colère tempérât un peu sa souffrance. Tu me flanqueras dehors de force ? Je te préviens que si tu oses porter la main sur moi…

— C'est drôle comme on change, l'interrompit-il d'une voix traînante mais son regard flamboyant de colère et son intonation doucereuse ne promettaient rien de bon. Il n'y a pas si longtemps, tu me suppliais de poser la main sur toi, chérie, et même bien plus que ça. Et quand je le faisais, tu ne t'y opposais pas, au contraire ! Tu en voulais même plus.

Son arrogance, sa fatuité rendirent Jaz furieuse. Elle aurait voulu pouvoir lui « arracher » cette morgue intolérable comme on arrache un vêtement, pour la piétiner et la réduire en loques à l'instar de sa propre fierté.

Si elle n'avait déjà su qu'elle était beaucoup mieux sans lui, elle l'aurait compris à cet instant ! pensa-t-elle avec hargne. Seul un homme brutal et insensible pouvait tenir de tels propos !

— Eh bien, tu as perdu ta langue ? demanda-t-il, railleur.

Farouchement, Jaz refoula ses larmes. Pleurer maintenant, devant lui, aurait été l'humiliation ultime.

— Si tu t'imagines que tu peux me rudoyer et me forcer à faire tes quatre volontés, tu te trompes, Dillon ! rétorqua-t-elle calmement avant de lui tourner le dos pour monter dans sa chambre.

Furibond, Dillon la suivit du regard. Elle avait décidément le don de l'asticoter et de le mettre à cran !

En entendant la porte se refermer derrière Dillon, Jaz se répéta qu'elle n'avait certes pas menti en affirmant qu'il ne la contraindrait pas à partir ! Non, elle ne céderait pas, si grande que fût la souffrance qu'elle pourrait éprouver à vivre sous le même toit que lui. D'ailleurs, d'un strict point de vue pratique, il y avait deux chambres dans cette maison, après tout !

Tout au fond d'elle, Jaz savait que sa décision, son obstination et son orgueil n'avaient rien à voir avec la maison mais avec sa réaction inepte quand elle avait vu Dillon dans le magasin.

Dire qu'elle avait eu la stupidité de croire qu'il était venu pour elle !

Comment aurait-il été possible qu'elle continue à aimer un homme qui... qui était venu abattre un couperet ! Qui soutenait les basses manœuvres de Jerry cherchant à la pousser à la démission, et y prenant même du plaisir !

Il venait de prouver qu'elle ne représentait rien pour lui. Eh bien, maintenant, il allait voir qu'il ne représentait rien pour elle ! Moins que rien, même !

Hors d'elle, Jaz ouvrit la porte du dressing et commença d'en sortir ses vêtements pour les transférer dans l'autre chambre, celle qu'elle utilisait comme atelier. Les deux pièces avaient la même surface, mais celle orientée au nord avait une lumière bien meilleure pour son travail.

Il y avait toutefois une chose qui la tracassait : John ne lui avait pas parlé de l'invitation faite à Dillon... Or, elle savait que ses parents s'étaient inquiétés, au moment de la vente du magasin, car son parrain avait eu alors des trous de mémoire provoqués par le stress. Elle demeura songeuse, le front barré d'un pli d'anxiété.

Jaz consulta son réveil : 4 heures du matin ! Elle était réveillée depuis trois bonnes heures, et, avant cela, avait mal dormi. Son esprit était agité de trop de pensées douloureuses et de colère pour qu'elle pût se détendre.

Il était hors de question qu'on la force à quitter un travail qu'elle aimait et dans lequel elle s'était tant investie ! Ses vitrines de cette année promettaient d'être ce qu'elle avait conçu de mieux. Toutefois, elle savait aussi qu'elle serait incapable d'aboutir, de donner le meilleur d'elle-même si elle n'obtenait pas l'estime et la reconnaissance.

Elle était blessée de constater que l'approbation et l'intérêt de la mère de Dillon n'avaient pas été sincères.

« Je ne suis sans doute pas faite pour le monde des affaires », se dit-elle sans joie.

Elle s'agita, se tourna sur l'autre côté et tenta de se rendormir, en vain. Peut-être cela irait-il mieux avec une boisson calmante et réconfortante…

Sans bruit, elle se rendit dans la cuisine et mit la bouilloire sur le feu.

A La Nouvelle-Orléans, Dillon l'avait taquinée parce qu'elle dormait d'un sommeil profond, lovée contre lui jusqu'à ce qu'il l'éveille à force de baisers, le matin venu.

Il avait aussi ri de sa timidité, la première fois qu'il avait partagé une douche avec elle, murmurant qu'il était surpris de la voir prude alors qu'elle se donnait si passionnément pendant la nuit. Lorsqu'elle lui avait expliqué à contrecœur qu'il était le premier homme dont elle partageât ainsi l'intimité, et que ses expériences sexuelles se limitaient à un rite d'initiation maladroit, avec un camarade étudiant tout aussi novice qu'elle, qu'elle avait accompli parce qu'elle s'y sentait tenue plutôt que par véritable désir, il avait cessé de rire. La tendresse qu'il lui avait alors manifestée lui avait mis les larmes aux yeux.

Des larmes lui montèrent de nouveau aux paupières, au souvenir de sa douceur…

Les mains tremblantes, elle prit la tasse de tisane qu'elle venait de préparer mais le récipient lui échappa, répandant du liquide brûlant sur sa peau nue avant de se fracasser bruyamment sur le sol.

Sous l'effet de la douleur, elle ne put retenir un cri.

Etendu sur son lit, incapable de trouver le sommeil, Dillon l'entendit.

Il aurait dû dormir depuis longtemps, et s'était efforcé d'attribuer son insomnie au décalage horaire plutôt qu'à Jaz. Dès qu'il perçut son cri de douleur, il bondit de son lit et enfila un peignoir en toute hâte.

Deux minutes plus tard, elle protestait qu'elle allait tout à fait bien alors qu'il était agenouillé à ses pieds, lui intimant de ne pas bouger pendant qu'il ramassait les morceaux de porcelaine éparpillés.

— Je peux faire ça moi-même, soutint-elle.

Elle aurait aimé qu'il ne fût pas aussi près d'elle, qu'il ne lui barrât pas le passage vers le seuil. Elle voyait ses cheveux brillants, légèrement emmêlés, et avait l'absurde envie d'y glisser les doigts pour les caresser, les lisser…

Son corps viril avait la subtile odeur de savonnette dont elle gardait le souvenir, et sa peau paraissait si brune à côté de la sienne… Alors qu'il se relevait, elle frémit involontairement. Il enregistra cette réaction en fronçant les sourcils.

— Va te recoucher, s'il te plaît, lui dit-elle avec raideur. Je finirai de nettoyer toute seule.

Elle avait machinalement placé sa main sur son bras, à l'endroit où la brûlure causée par l'infusion bouillante commençait à se faire ressentir avec acuité.

— Il est 4 heures du matin, lui rappela Dillon en prenant un torchon pour essuyer le liquide répandu. Ça te paraît un moment approprié pour préparer de la tisane ?

— Si ça me plaît ! répliqua-t-elle. D'ailleurs, je ne vois pas en quoi ça te regarde !

— En rien, tant que tu ne me réveilles pas en le faisant, rétorqua-t-il en se gardant de dire qu'il ne dormait pas.

D'un ton qui révélait sans fard son manque de sincérité, elle déclara :

— Navrée de t'avoir perturbé.

— Tu ne me perturbes en rien, Jaz ! C'est fini, tout ça. Toi, par contre, tu dois être perturbée pour éprouver le besoin de boire une

64

tisane à l'aurore. La Jaz dont j'ai gardé le souvenir dormait comme un bé…

Il s'interrompit un instant alors qu'elle s'écartait de lui avec l'intention manifeste de quitter la cuisine.

— Qu'est-ce qu'il y a ? Quelque chose te dérange ? demanda-t-il d'un ton insinuant en la retenant par le bras.

Dès qu'il referma les doigts sur sa chair, Jaz ne put retenir un gémissement de douleur et pâlit. Aussitôt, Dillon se rembrunit.

Ôtant sa main, il examina son bras et découvrit la brûlure qui était sérieuse : une ampoule se formait déjà.

— Il faut soigner ça, dit-il d'un ton ferme.

— Je sais ! répondit-elle avec irritation. C'est mon bras, figure-toi ! Et si tu veux bien avoir l'extrême bonté de me laisser passer, persifla-t-elle, c'est exactement ce que je vais faire.

— Tu ne pourras pas traiter ça toute seule. Il vaudrait mieux que je m'en charge.

Lui, la toucher ? Jamais ! Elle allait lui dire sa façon de penser, mais ne put émettre le moindre son. Son regard était tombé par inadvertance sur le corps de Dillon dont le peignoir s'était entrouvert, dénudant son torse.

Elle éprouva un vertige violent. C'était sûrement à cause de la douleur dans son bras ! pensa-t-elle en s'efforçant de détourner les yeux sans y parvenir. Elle se remémorait les sensations délicieuses éprouvées la première fois qu'elle avait caressé le corps nu de Dillon…

Les Dubois les avaient emmenés dîner ce soir-là, elle et oncle John, et son parrain s'était attardé au restaurant pour parler affaires tandis qu'elle décidait de rentrer à pied à leur hôtel. Dillon avait tenu à l'accompagner, soulignant qu'il valait mieux ne pas déambuler seule dans le quartier français de La Nouvelle-Orléans.

C'était une nuit chaude, moite, langoureuse. Ils avaient marché à pas lents en bavardant. Jaz savait alors ce qu'elle éprouvait pour lui et, s'il était resté discret, Dillon lui avait montré, par son empressement, qu'il partageait son désir.

A un coin de rue sombre et paisible, Dillon l'avait attirée à lui en disant :

— Si je ne vous embrasse pas tout de suite, je vais devenir fou.

Il avait pris sa bouche, alors, et l'avait embrassée avec une intensité et une exigence folles, si bien qu'elle avait oublié où ils se trouvaient pour n'avoir plus conscience que de sa présence. Lorsqu'il avait effleuré sa gorge et ses épaules nues, elle avait eu un long frisson et n'avait pu s'empêcher de glisser les doigts sur son torse, à travers le col ouvert de sa chemise. Puis un geste en avait entraîné un autre...

Quand ils s'étaient enfin séparés, la chemise de Dillon était déboutonnée jusqu'à la taille ; pour sa part, Jaz avait reçu tant de caresses que ses seins étaient gonflés et presque douloureux. A peine arrivés dans sa chambre d'hôtel, Dillon l'avait plaquée contre la porte et elle l'avait bel et bien aidé à la débarrasser de ses vêtements...

— Jaz... Tu ne vas tout de même pas t'évanouir ?

Brutalement ramenée à la réalité, elle s'empressa de refouler les larmes qui lui montaient aux yeux.

Dans la salle de bains, Dillon soigna sa brûlure avec efficacité et y appliqua un pansement spécial avec, elle dut l'admettre, bien plus de dextérité qu'elle n'en aurait eu.

Jaz venait de se recoucher et s'apprêtait à éteindre la lampe de chevet lorsque la porte de sa chambre s'ouvrit. Dillon s'encadra sur le seuil.

Elle eut un coup au cœur, et crut que l'air allait lui manquer. Dillon, dans sa chambre ! Mais...

— Je t'ai refait de la tisane, dit-il.

Elle le dévisagea en silence, en se demandant pourquoi un acte aussi simple et prosaïque lui donnait envie de fondre en larmes.

La mine sombre, Dillon traversa le magasin. Il n'avait pratiquement pas dormi de la nuit, sachant Jaz si proche, seulement séparée de lui par une mince cloison. Rien, sauf sa propre volonté, ne pouvait l'empêcher de la rejoindre et de…

« Tu es ici pour bosser ! » s'admonesta-t-il avec irritation. Il avait été fou de rage, à la fois à cause du choc et de la fatigue due au décalage horaire, lorsqu'elle avait refusé de quitter la maison. En se retrouvant face à elle, il avait tout simplement eu envie de l'étreindre, de lui faire revivre tout ce qu'elle avait détruit avec son refus buté. Heureusement, il avait réussi à garder ses distances, et était allé prendre ses bagages.

A son retour, il l'avait trouvée dans la chambre, achevant d'entasser sur le lit ses affaires retirées de l'armoire et des commodes.

Il avait d'abord cru qu'elle cédait, quittait la maison, et avait eu un coup au cœur d'une violence inouïe mais rien qui ressemblât à une impression de triomphe !

Comme il demeurait planté là à la regarder, elle lui avait lancé un regard hostile :

— Je ne peux pas t'empêcher de rester, puisque tu as l'inélégance de t'incruster. Mais il est hors de question que je m'en aille, et tu n'as pas le pouvoir de m'y contraindre ! De toute façon, il y a deux chambres dans cette maison.

— Et dans ton admirable altruisme, c'est pour moi que tu débarrasses tes affaires de celle-ci ?

Il avait lancé cela avec un cynisme appuyé, en s'efforçant d'ignorer l'intense soulagement qui l'avait envahi.

— Pour toi, certainement pas. *A cause* de toi, avait-elle rectifié. D'ailleurs, mes dossiers de travail sont dans l'autre.

Puis elle avait ajouté avec un haussement d'épaules :

— Il me semble plus sensé d'enlever mes vêtements d'ici que de changer de lieu de travail.

Tout en parlant, elle s'était dirigée vers le seuil, les bras chargés d'habits.

Incapable de se retenir, il lui avait déclaré :

— Mais oui, c'est ça… Après tout, je suis bien placé pour savoir que tu es du genre à enlever tes vêtements sans y attacher d'importance. Ça n'a pas traîné, quand tu les as ôtés pour moi !

Elle était devenue livide, et avait dit d'une voix rauque :

— Merci, Dillon. Tu viens de confirmer ce que je savais déjà. J'ai la chance inouïe que tu ne fasses plus partie de mon existence.

Là-dessus, elle était passée fièrement devant lui comme si elle était l'innocence incarnée !

Après son départ, Dillon avait regardé autour de lui et aperçu une délicate pièce de dentelle abandonnée sur le sol. Il l'avait ramassée. C'était un string arachnéen dont il l'avait déjà vue parée.

Dillon avait traversé le couloir et poussé la porte entrouverte de l'autre chambre. En voyant qu'il l'avait suivie, Jaz lui avait lancé un regard coléreux.

Elle avait, songea Dillon à ce souvenir, des yeux d'une couleur extraordinaire, qui traduisaient par mille nuances les variations de ses émotions. Lorsqu'elle était sensuellement excitée, ils prenaient la teinte de l'ambre sombre. Quand elle était comblée, ils luisaient comme de l'or…

« Mais qu'est-ce que tu vas encore chercher ? » se reprit-il en chassant ces pensées qui s'aventuraient en terrain périlleux…

— Qu'est-ce que tu fiches ici ? s'était-elle exclamée avec un regard noir.

— Tu as laissé tomber ça, avait-il répondu en balançant le string en dentelle au bout de son index.

Pour être honnête, il devait admettre que sa réaction lui avait procuré une sorte de plaisir. Elle s'était empourprée, avait lâché un hoquet étranglé, et tenté de lui prendre le sous-vêtement.

— Rends-moi ça ! avait-elle insisté comme il reculait en enfermant le bout de dentelle au creux de sa paume.

— C'est drôle qu'il faille si peu de chose pour qu'un homme se ridiculise…, avait-il répondu un instant plus tard en expédiant le string dans sa direction.

Il savait, tout en parlant, qu'il se montrait inélégant, qu'il s'abaissait à une indignité dont il aurait normalement été incapable. Mais ce string lui rappelait avec trop d'acuité ce qu'ils avaient partagé de merveilleux, ce qu'ils auraient pu partager encore si seulement Jaz avait voulu revenir à la raison. Cela lui avait causé tant d'angoisse qu'il n'avait pu se retenir.

Il y avait été poussé, et d'une façon qui lui échappait, par le souvenir de Jaz parée de ce petit rien en dentelle, penchée sur lui, les seins nus, tandis qu'il la contemplait, allongé sur le lit, fasciné par son regard noyé de désir et par ce qu'il avait pris pour de l'amour…

A sa riposte, elle était devenue livide comme si elle venait de recevoir un coup mortel. Il avait dû lutter contre la tentation lancinante de protester qu'il n'en pensait pas un mot, que seule la souffrance l'avait poussé à proférer de telles choses, et que son désir pour elle le rendait comme fou.

Se défiant trop de ses propres réactions, il avait tourné les talons et rapidement regagné sa propre chambre.

Jaz soupira avec lassitude en se disant que la réunion mensuelle des chefs de rayon, si éprouvante qu'elle eût été, n'était pas la cause de son abattement.

En refusant de céder à Dillon la maison de John, elle n'avait pas mesuré l'étendue du stress qu'elle aurait à subir. Il était déjà pénible de passer les nuits à ne pas dormir, avec la conscience de sa présence dans la chambre voisine. Toutefois, il y avait pire : l'anéantissement du respect qu'il lui restait encore pour elle-même, et l'impact de leur indésirable proximité physique.

Dillon était là depuis trois jours à peine et, chaque matin, elle se promettait de lui dire qu'elle ne souhaitait pas prendre son petit déjeuner dans la même pièce qu'un homme à demi nu. S'il tenait à déambuler dans la cuisine avec pour tout « vêtement » une serviette de bain autour des reins, eh bien, il devait le faire en dehors de sa présence. Or, elle s'avérait incapable de rompre le silence qui plombait leur « relation », de crainte de trahir ses sentiments par un balbutiement incontrôlable ou, pire, par une violente rougeur.

Elle était si à cran qu'elle sursautait au moindre bruit, se crispant d'angoisse ; elle sentait qu'elle était à deux doigts de craquer et qu'elle n'avait guère besoin de subir, en plus, la pression des problèmes qu'elle devait affronter au travail.

Dès le début de la réunion — au grand soulagement de Jaz, Dillon n'était alors pas présent —, Jerry avait adopté un comportement agressif et humilié l'un des plus anciens chefs de rayon, en mettant en cause son chiffre de vente mensuel, puis en comparant avec fatuité leur chiffre d'affaires à celui de la chaîne de supermarchés qu'il avait dirigée aux Etats-Unis.

Ensuite, il avait dénigré et critiqué Jaz.

— Ces prétendus devis que tu m'as donnés, voilà ce que j'en fais ! avait-il annoncé.

Il les avait réduits en morceaux et flanqués à la corbeille.

— Juste bons pour la poubelle ! Et c'est ce que je dirai à mon beau-père lorsque je lui ferai mon rapport. Il saura que ton rayon ne vaut pas un clou, à moins que tu ne m'apportes la preuve que j'ai tort et que tu ne m'amènes à changer d'avis. Nous savons tous que John était ton *parrain*, avait-il souligné, et que tu étais sa protégée. Mais John n'est plus là, maintenant !

Entendre affirmer qu'elle devait son poste à la protection de John avait rendu Jaz furieuse. Pas autant cependant que les insinuations laissant supposer qu'elle était incompétente.

— Mon travail est de veiller à ce que le magasin attire le maximum de clients, avait-elle commencé.

Juste à cet instant, Dillon était entré. Elle avait clairement compris, au regard dur qu'il lui lançait, qu'il soutenait Jerry. Mais à quoi d'autre aurait-elle pu s'attendre ?

« J'ai les magasins en horreur », lui avait-il dit à La Nouvelle-Orléans. Apparemment, il ne les détestait pas au point de ne pas vouloir assister à son humiliation publique !

— Tu n'essaies tout de même pas de m'en remontrer ? avait tonné Jerry d'un ton menaçant. J'espère qu'il n'en est rien, vu ton incapacité à faire correctement ton travail !

Jaz avait dû faire appel à toute sa force de volonté pour ne pas regarder Dillon, ou pour ne pas lui donner la satisfaction de riposter — comme il l'espérait sans doute — aux critiques enflammées et arbitraires de Jerry.

À son grand soulagement, le gérant du magasin avait pris sa défense et déclaré tranquillement, avec un courage indéniable :

— Les vitrines de Noël de Jaz, entre autres choses, font énormément grimper le chiffre d'affaires du magasin, ainsi que le prouvent les courbes des ventes de tous les rayons . En fait, elles sont même devenues « culte » en ville, et nous valent beaucoup de publicité gratuite.

— C'est bien possible, avait grommelé Jerry, mais il reste tout de même la question de son budget. Quant à ce qui concerne ces si merveilleuses vitrines de Noël, j'aimerais assez connaître les intentions de cette demoiselle. Il me déplairait souverainement que nos clients ne puissent rien acheter de ce qu'ils voient en vitrine parce qu'il s'agit en réalité d'un petit numéro d'exhibition artistique et que nous n'avons pas ça en stock.

À cette pique qui mettait en doute ses compétences, Jaz sentit ses joues s'enfiévrer. Il était vrai qu'elle aimait entretenir le mystère sur ses futures vitrines — cela créait une excitation propre aux fêtes de Noël. Cependant, elle s'assurait, bien entendu, qu'ils auraient un stock plus que suffisant des articles qu'elle mettrait en valeur : aucun épuisement de leurs réserves ne les avait jamais contraints à se réapprovisionner en catastrophe ! L'attaque de Jerry était injuste et prouvait un manque certain de professionnalisme.

Après la réunion, elle s'était dirigée vers la sortie. En passant devant Dillon, elle n'avait pu s'empêcher de se défouler en lui jetant :

— Ça te fait jouir, tout ça, hein ?

A présent, elle était soudain tendue en voyant arriver Jerry et Dillon, comme si son évocation mentale les avait amenés à se matérialiser ! Elle se hâta de filer vers l'ascenseur pour descendre dans la mezzanine, où se trouvait son atelier.

Dillon la suivit des yeux d'un air sombre. Il venait de passer près d'une heure au téléphone avec sa mère, qui l'avait appelé pour avoir un rapport sur la situation.

Tandis que Jerry se lamentait au sujet du magasin, Dillon l'écouta en silence. Il n'éprouvait déjà guère de sympathie pour Jerry au moment où ils avaient été présentés, et il l'aimait de moins en moins. Pour l'instant, il se demandait s'il était incompétent, et donc inapte à assumer sa tâche de directeur, ou s'il cherchait à déstabiliser le personnel.

Comme il l'avait dit à sa mère qui l'interrogeait :

— Ce qui se passe ? J'aimerais bien le savoir ! J'ignore encore ce que Jerry tente de faire ici, mais en tout état de cause, ça ne promet rien de bon pour le magasin.

— Comment ça, tu l'ignores ? s'était-elle indignée. Ce qu'il cherche à faire est évident, Dillon ! C'est la méthode que Donny a choisie pour me discréditer. Je le connais bien, va ! C'est signé ! Oh ! si seulement je pouvais te rejoindre…, avait-elle ajouté avec un soupir de frustration.

— Maman, arrête de vouloir tout contrôler, c'est mauvais pour ta tension artérielle.

— Comment ça, je veux tout contrôler ? Venant de toi, Dillon, elle est bien bonne ! Au moins, moi, je ne suis pas intransigeante au point de tout voir en noir ou blanc. Si tu savais comme tu me rappelles ton grand-père ! Il était exactement comme toi… Jamais il n'aurait reconnu qu'il pouvait se tromper en quoi que ce soit. Je l'entends encore quand je lui ai dit que je n'aurais jamais dû épouser ton père : « Tu es une femme, Annette. Le rôle d'une femme est de réussir son mariage. » Il était exactement comme toi, Dillon. Il pensait que j'aurais dû rester à la maison, m'occuper du ménage, et obéir en tout à ton père. A condition, bien entendu, que ton père lui rende des comptes à son tour !

Dillon avait écouté sans mot dire. Il connaissait par cœur la triste histoire du mariage de ses parents, que son grand-père avait poussés à s'unir parce qu'il existait entre eux une lointaine parenté. Son père portait lui aussi le patronyme familial, et détenait de surcroît un beau paquet d'actions de l'entreprise.

Comme chaque fois, il s'agaça d'être comparé à un homme qui s'était comporté en déplaisant patriarche, borné et dictatorial.

— Ça fait plaisir de savoir que nous partageons la même haute estime réciproque, dit-il d'un ton d'avertissement.

Il put entendre sa mère soupirer à l'autre bout du fil.

— Oh, Dillon ! Je sais ce qu'on devient quand on est malheureux, et je ne veux pas que cela t'arrive. Tu es mon fils, après tout…

Comme il ne réagissait pas, elle soupira de nouveau, avant de demander :

— As-tu parlé à Jaz ? Lui as-tu dit que nous avions vraiment besoin d'elle ?

Dillon lâcha un juron étouffé en percevant l'angoisse et l'obstination de sa mère.

— Non, pas encore, dit-il laconiquement.

Puis il se rappela un point qu'il désirait vérifier :

— Au fait, tu t'es bien assurée auprès de John que je pouvais utiliser sa chambre d'amis ?

— Bien sûr ! Il a dit que ça lui convenait parfaitement.

— Ah ! Et t'a-t-il dit que son médecin lui avait déconseillé de vivre sur place pour le moment, à cause de sa maladie cardiaque ? Et qu'il avait prêté sa maison à Jaz ?

Il y eut un bref silence révélateur à l'autre bout de la ligne, avant que sa mère se décide à admettre :

— Maintenant que tu en parles… il a effectivement dit quelque chose comme ça.

— Et tu n'as pas jugé bon de me mettre au courant ?

— Eh bien, non, déclara-t-elle, sur la défensive. Je veux dire, nous n'avons pas pensé que vous seriez hostiles à partager les lieux… Comme l'a dit John, il y a deux chambres.

— Tu pensais que nous n'y verrions pas d'inconvénient, et tu as considéré qu'il était inutile de nous donner l'opportunité d'en décider par nous-mêmes, c'est ça ?

— Dillon, tu as toi-même dit que tu n'avais pas pu trouver de chambre d'hôtel. John pouvait difficilement demander à Jaz de partir et je ne voulais surtout pas…

— Me donner un prétexte pour refuser de venir ici ? Eh bien, si tu veux savoir…

Il s'interrompit réalisant qu'il allait livrer quelque chose de trop personnel.

Quant à la conviction que ni Jaz ni lui n'étaient hostiles à partager la maison… Sa mère aurait dû voir le regard qu'elle lui décochait chaque matin lorsqu'il entrait dans la cuisine après avoir pris sa douche ! Il lui signifiait clairement qu'elle était furieuse de le voir, même s'il était impossible qu'elle soit aussi exaspérée que lui de devoir cohabiter avec elle !

S'il voulait être franc, et il se piquait de l'être, il n'était pas seulement en colère. Ce qui l'irritait plus que tout, c'était de devoir admettre que, physiquement, elle lui faisait toujours de l'effet, et qu'il la désirait encore !

— Dillon, s'il te plaît, sois aimable avec Jaz.

— Aimable ? Non, mais as-tu la moindre idée de…

Une fois encore, il se tut et compta mentalement jusqu'à dix pour se maîtriser.

Puis il déclara sans joie :

— J'ai l'intention de découvrir le but que poursuit Jerry, et de délivrer ton message à Jaz. Ensuite, je prendrai le premier avion pour rentrer. Rien ni personne ne m'en empêchera !

6.

Au début de l'après-midi du lendemain, dans la maison de John, Jaz se crispa en entendant arriver Dillon. Machinalement, elle porta son regard sur l'esquisse qu'elle venait de crayonner, et qui représentait, en principe, le compagnon de son héroïne des vitrines de Noël. Celui qu'elle concevait comme un mari, un père, un amant, un meilleur ami… Le partenaire auquel une femme pouvait se fier, sur lequel elle pouvait s'appuyer, tout en le sachant attaché à respecter sa personnalité et son indépendance. Le compagnon prêt à assumer sa part des tâches ménagères et de l'éducation des enfants tout en restant assez viril pour avoir recours, sur le plan sensuel, à quelques manœuvres tactiques d'homme des cavernes lorsque l'humeur du moment y était propice… Bref, l'homme dont toute femme rêvait en secret !

Dans ce cas, pourquoi diable lui avait-elle prêté les traits de Dillon, bon sang ?

— Jaz ?

Comme il frappait à sa porte, elle dissimula prestement le dessin derrière son dos.

— Je dois te parler, dit-il en entrant.

Du coin de l'œil, il aperçut la feuille qu'elle chiffonnait en boule et laissait tomber par terre.

— Tu perds ton temps, commença-t-elle d'un ton farouche.

76

Ils se figèrent tous deux en entendant frapper à la porte d'entrée.

Contrarié par cette interruption, Dillon soupira. Plus vite il aurait dit à Jaz ce qu'il avait à lui dire, mieux ce serait. Ainsi qu'il l'avait déclaré à sa mère, il avait hâte de sauter dans un avion !

Comme Jaz quittait la chambre pour aller ouvrir, il ramassa machinalement la boule de papier, la fourra dans sa poche et sortit à son tour.

Le verrou de la porte était légèrement grippé. Alors qu'elle tentait d'ouvrir, Dillon qui l'avait suivie tendit un bras pour la seconder. Elle tressaillit lorsque leurs doigts se rencontrèrent.

— Je peux y arriver toute seule, dit-elle avec une véhémence sourde.

Ils se dévisagèrent — elle d'un air rebelle, lui d'un air railleur — jusqu'à ce qu'il se décide à tirer le battant.

— Ah ! Jaz… J'étais sûre de te trouver ici !

Comme Jaz s'effaçait pour céder le passage, sa cousine Jamie, accompagnée de ses deux jeunes garçons, entra en coup de vent. Chaleureuse et animée, elle étreignit et embrassa Jaz, tout en lançant des recommandations aux petits. Elle se tut soudain en voyant Dillon.

— Voici Dillon Dubois, dit faiblement Jaz. Il est ici pour…

Comme elle échouait à fournir une explication, Dillon s'avança en souriant si chaleureusement à Jamie que Jaz eut envie de s'interposer entre eux. De quel droit se permettait-il de regarder Jamie comme ça ? Sous ses yeux, en plus ! Comment osait-il accorder un tel regard à *une autre* femme ?

Tandis qu'elle se débattait avec son choquant accès de jalousie, elle entendit Dillon préciser aimablement :

— Je suis venu régler des affaires de famille.

— Des affaires de famille ? s'étonna Jamie. Ah oui, bien sûr ! Les Dubois ! C'est vous qui avez racheté le magasin, n'est-ce pas ? Alors, Cheltenham vous plaît ? Où êtes-vous descendu ?

C'était typiquement son style : un feu roulant de questions ne laissant pas de place aux répliques des interlocuteurs, pensa Jaz. Dillon répondit cependant avec aisance :

— Je n'ai pas encore eu le temps de visiter. Mais je séjourne ici. John a eu la gentillesse…

— Ici ? s'exclama Jamie. Avec Jaz !

— Jamie…, intervint Jaz d'un ton légèrement scandalisé.

Toujours aussi à l'aise, Dillon reprit la parole :

— Nous sommes colocataires. John semblait penser que nous ne verrions pas d'inconvénient à partager les lieux.

Il y eut un silence éloquent. Le regard de Jamie alla du visage impénétrable de Dillon à celui de Jaz qui, légèrement empourpré, trahissait infiniment plus de vulnérabilité.

« Jamie, par pitié, tais-toi ! » intima silencieusement Jaz à sa cousine. Elle ne connaissait que trop bien l'impulsivité et le culot, pour ne pas dire le sans-gêne, dont Jamie était parfois capable !

A son grand soulagement, Jamie se contenta de dire :

— John a dû être content de savoir que Jaz serait protégée par une présence masculine. Il a des attentions adorables mais un peu démodées, parfois.

Elle continua avec un sourire, lorsque Dillon eut fait connaissance avec les enfants :

— Je ne voudrais pas déranger. Nous sommes venus réserver des places pour notre séjour de Noël à Aspen, et nous essayons de convaincre Jaz de se joindre à nous, cette année.

Elle souligna son propos d'un regard éloquent en direction de Jaz, puis expliqua à Dillon :

— Marsh, mon mari, adore skier. Depuis qu'il a découvert vos montagnes américaines, il en est fan. L'an dernier, nous avons passé toute la période de Noël et du nouvel an dans un chalet près d'Aspen. J'aurais aimé que Jaz nous accompagne — elle est beaucoup plus sportive que moi. Mais il n'y a pas eu moyen de l'éloigner de ses précieuses vitrines.

— Je serais enchantée de venir, Jamie, dit Jaz. Mais tu sais ce que c'est. Dès le lendemain de Noël, il faut songer aux vitrines des soldes de janvier. Ce serait injuste que je laisse ce soin aux autres.

— Typique, comme réaction ! s'exclama Jamie. Tu pousses trop loin la conscience professionnelle. Je sais que ton travail est important pour toi, mais il y a tout de même autre chose dans la vie ! Dillon, est-ce que vous skiez ?

— Oui, lorsque les conditions climatiques et le bétail me le permettent, répondit-il laconiquement.

Jaz expliqua à contrecœur à sa cousine :

— Dillon a un ranch dans le Colorado.

— Vous êtes fermier ! dit Jamie soudain rayonnante. Alors vous avez beaucoup de choses en commun avec mon mari et avec le père de Jaz. Tu as déjà emmené Dillon chez toi, Jaz ?

Jaz fit signe que non. Son exubérante cousine considérait déjà Dillon comme un membre de la famille ! Jaz éprouva le regret cuisant de ne pas lui avoir expliqué la situation avant qu'elle ne rencontre Dillon.

— Il faut absolument que vous alliez là-bas ! expliquait-elle à Dillon avec enthousiasme. Le père de Jaz élève une race de vaches très renommée... n'est-ce pas, Jaz ?

Jaz expliqua d'une voix atone :

— Mon père possède deux taureaux de reproduction Holstein, de très grande valeur.

— On ne croirait jamais qu'elle a grandi dans une ferme, n'est-ce pas ? reprit Jamie rieuse en décochant un clin d'œil espiègle à sa cousine.

— On ne s'en douterait pas, en effet, admit Dillon avec une froideur marquée.

Jaz espéra que cette réaction échapperait à sa trop curieuse cousine, et qu'elle n'irait pas poser de questions à ce sujet.

Celle-ci continuait maintenant :

— Tu accepterais de venir avec nous à la Fontaine des Sodas, Jaz ? J'ai promis aux enfants de les régaler.

Elle ajouta à l'adresse de Dillon :

— Mon mari travaille à la ferme, et bien qu'il soit un père très attentionné, il aime avoir un moment à lui de temps à autre. De plus, ses parents vivent avec nous, et après avoir supporté nos petits monstres pendant cinq jours, ils ont besoin de souffler un peu.

Apparemment impressionné, Dillon demanda :

— Vous vivez tous sous le même toit ? Trois générations réunies ?

— Trois générations et… quelques ajouts ! dit Jamie en riant. Jaz pense que je suis folle. Elle prétend qu'elle détesterait mener la même existence que moi.

— Cela ne m'étonne pas, repartit Dillon avec un regard glacial pour Jaz et un sourire chaleureux pour Jamie. Personnellement, je vous admire, et j'envie votre mari et votre famille.

— Fontaine des Sodas ! Fontaine des Sodas ! se mirent à chantonner les enfants, interrompant la conversation des adultes.

Songeant au compliment que Dillon venait de faire à Jamie, Jaz s'efforça de dompter la jalousie qui la torturait. Pourquoi serait-elle jalouse de sa cousine ? Elle ne voulait pas aimer un homme ayant les idées et les sentiments de Dillon !

Dillon regarda Jaz se tourner vers les garçonnets et bavarder avec eux. Il ne put s'empêcher de se dire que ce rôle lui convenait bien, et s'en voulut de cette pensée ridicule. Ne savait-il pas que Jaz était trop entêtée pour admettre avoir fait un mauvais choix ?

A l'instar du Comptoir du caviar et du saumon fumé du magasin, la Fontaine des Sodas avait une grande notoriété en ville et dans les environs. Des générations d'enfants y avaient savouré des boissons et des crèmes glacées. C'était sur la suggestion de Jaz qu'on l'avait remise au goût du jour et nouvellement décorée.

— Il faut que je travaille…, commença Jaz.

A sa grande surprise, Dillon intervint :

— Je croyais que tu avais ta demi-journée, non ?

— Oui, dit-elle, prise au dépourvu, mais je… je…

— Si vous veniez avec nous, Dillon ? proposa Jamie.

Dillon allait refuser mais il vit l'expression anxieuse de Jaz.

— Très volontiers, accepta-t-il ignorant le regard noir qu'elle lui lançait. J'ai envie d'une glace depuis mon arrivée ! J'adore ça !

Alors qu'ils prenaient le chemin du magasin, Dillon constata que les enfants de Jamie recherchaient la compagnie de Jaz. A en juger par la façon dont ils s'efforçaient de capter son attention, ils l'adoraient. Ce qui le surprit plus encore fut son comportement avec eux, naturel et tendre. Après les déclarations que Jaz lui avait faites sur ses projets de vie, il avait imaginé qu'elle aurait du mal à établir une relation avec des enfants.

— Jaz sera une mère merveilleuse.

Le commentaire affectueux de Jamie l'amena à demander avec amertume :

— Vous croyez ? Selon mon expérience, les femmes carriéristes ne font pas de bonnes mères.

Jaz et les enfants avaient déjà rejoint la Fontaine des Sodas. Jamie s'immobilisa et observa Dillon d'un air intrigué puis déclara avec un demi-sourire :

— Aurais-je affaire à un homme qui ne jure que par les femmes au foyer ?

— Je pense qu'un enfant, des enfants, ont besoin d'une maman telle que vous, qui leur consacre tout son temps.

— Comme moi ? dit Jamie. Leur consacrer tout mon temps ? Je ne pourrais jamais. En fait, Jaz correspond bien plus que moi à la mère idéale. Mes enfants ont dû en grande partie s'élever tout seuls — avec l'aide de leurs grands-parents et de leur père, évidemment. Oh ! j'ai fait ma part, bien entendu ! Mais comme je l'ai expliqué à Marsh quand j'ai accepté de l'épouser, je ne pourrais jamais vivre sans avoir mon propre espace et la liberté de faire ce qui compte pour moi.

Elle poursuivit avec un sourire :

— Je dirige ma propre entreprise, et je suis une cavalière passionnée, comme la mère de Jaz. Je tiens à avoir un mari qui accepte que mes besoins passent parfois avant les siens. Selon moi, dans un mariage moderne, chaque partenaire respecte et favorise les besoins de l'autre. On a beau dire, l'amour n'est pas tout. Je reconnais que cela aide, notez bien. Si je n'aimais pas autant Marsh, je n'aurais pas accepté que ses parents vivent avec nous ; pourtant, il se trouve que c'est l'une des meilleures décisions que nous ayons prises.

Dillon l'écouta d'un air sombre. Ce n'était pas ce à quoi il s'était attendu, ni ce qu'il aurait voulu entendre !

— Jaz ! dit Jamie comme ils rejoignaient la fontaine. Je viens d'avoir une idée géniale : si vous veniez dîner à la maison un de ces jours, Dillon et toi ?

Elle ajouta chaleureusement à l'intention de Dillon :

— Je suis sûre que Marsh sera enchanté de vous connaître !

Effarée par cette suggestion, Jaz secoua aussitôt la tête :

— Je ne crois pas que…

Dillon lui coupa immédiatement la parole.

— Merci, j'en serai ravi, accepta-t-il en décochant un regard noir à Jaz.

— Super ! s'exclama Jamie. La fin du mois prochain, ça vous irait ? Mes beaux-parents seront partis à ce moment-là, ça nous laissera plus d'espace.

— Cela me convient très bien, assura Dillon.

— Parfait. Vous pourriez venir ensemble en voiture un vendredi soir, rester le samedi, et rentrer le dimanche.

— J'attends cela avec impatience, affirma Dillon tandis que Jaz le dévisageait d'un air furieux et médusé.

A quoi jouait Dillon ? se demanda Jaz. La maison de sa cousine était le seul endroit où elle se sentait libre d'être elle-même, et d'exprimer les deux facettes de sa nature sans craindre que quiconque retourne cela contre elle.

Aujourd'hui encore, quand elle se rendait chez ses parents, si elle semblait prendre plaisir à certains aspects de leur existence, ils s'empressaient de penser qu'ils avaient toujours vu juste. Pourquoi, alors qu'ils prétendaient l'aimer, n'arrivaient-ils pas à admettre qu'elle pouvait à la fois apprécier certains côtés de la vie rurale et avoir besoin d'exprimer son tempérament artistique ?

C'est pourquoi il était si important pour elle que l'homme qu'elle aimerait, et qui l'aimerait…

Jaz déglutit avec difficulté. Ce n'était pas le moment de songer à de telles choses, alors que Dillon était si proche ! Elle ne savait comment, mais elle trouverait la force de supporter sa présence chez sa cousine. Elle ne put cependant s'empêcher de lui en vouloir d'avoir accepté l'invitation dans le seul but de la faire enrager !

Dillon observa Jaz du coin de l'œil. Il avait rejoint avec Jamie le « comptoir » circulaire du champagne et du saumon fumé, au centre du rayon gastronomique, mais Jaz avait préféré rester à la fontaine avec les fils de Jamie et semblait d'ailleurs y prendre le plus vif plaisir.

Comment était-il possible que deux personnalités si différentes habitent la même femme ? se demanda-t-il avec une sorte de fureur. Jamie avait raison : Jaz était maternelle dans l'âme et quand il la voyait avec ces deux petits garçons, cela éveillait en lui des instincts et des désirs qui n'avaient pas grand rapport avec la logique ou la réalité — et tout à voir, au contraire, avec des élans plus primitivement mâles… La prendre dans ses bras, par exemple, l'embrasser comme un perdu et puis…

Seigneur ! Pourquoi fallait-il qu'il se tourmente avec des visions telles que Jaz tenant leur fils dans ses bras ?

— Tu ne peux pas mettre ça ici ! s'exclama Jaz.

— Oh si, je peux ! affirma Dillon en considérant la pièce de viande qu'il venait de poser sur la clayette centrale du réfrigérateur. Nous sommes deux à vivre ici ! Et si je veux ranger mes provisions là-dedans...

Il était aussi implacable qu'intimidant, songea Jaz. Heureusement, elle avait assez de ressources pour s'opposer à un homme qui n'admettait aucun conseil et pensait systématiquement avoir raison !

Dillon continua avec dédain :

— De toute façon, il y a largement la place pour ta nourriture bonne pour les lapins !

Jaz vit rouge.

— Comme c'est typique de ta part ! Tu es fort pour critiquer et me rendre responsable de ton propre entêtement ! Quant à ma nourriture pour les lapins, comme tu l'appelles, je ne pourrai pas l'avaler quand elle aura été inondée de sang ! C'est pour éviter ce genre de désagrément, figure-toi, qu'on met ordinairement la viande sur la plus basse clayette. Mais bien entendu, il ne faut rien te dire ! Personne à part toi ne peut avoir une opinion valable et...

— Si tu cherches une dispute, je t'avertis que...

— Non ! C'est *moi* qui t'avertis ! riposta vivement Jaz. Je te préviens que tu n'avais pas à accepter l'invitation de Jamie.

— Ah oui ? dit Dillon, belliqueux.

Jaz se raidit en voyant son expression, mais elle n'était pas disposée à battre en retraite. Comme Dillon claquait la porte du réfrigérateur et marchait vers elle, elle s'efforça de tenir bon. Elle se surprit pourtant à reculer jusqu'à ce qu'elle bute contre le mur de la cuisine et ne puisse aller plus loin.

— C'est à ça qu'aurait ressemblé le mariage dont tu parlais, je suppose ! lança-t-elle avec mépris. Tu aurais donné des ordres et imposé ta volonté, hein ? Tu attends que tout se déroule selon ton bon plaisir et que tes besoins passent en premier ! Veux-tu que je te dise ? Ce n'est pas pour d'éventuels enfants que tu veux tenir ta femme sous ta coupe ! En fait, tu ne supportes pas que quelque chose t'échappe ! Tu es si borné et si égoïste que tu es persuadé d'avoir toujours raison. Je plains celle qui commettra l'erreur de t'épouser. Dieu merci, ce ne sera pas moi !

D'un ton menaçant, lourd de colère mal maîtrisée, Dillon retorqua :

— Ça y est, tu as fini ?

Comme Jaz se détournait sans ajouter un seul mot, il grommela :

— Bon sang ! Tu es douée pour me mettre à cran, il n'y a pas à dire ! Ça t'excite ou quoi ? Tu me prends à rebrousse-poil parce que tu n'es plus capable de me faire ronronner, c'est ça ?

Jaz ne put réprimer un sursaut indigné.

— De quel droit me parles-tu comme ça ? Alors que tu… que tu…

Elle sentit avec une vive contrariété que son intonation avait trahi son hésitation et que le rouge lui montait aux joues. Aussi s'empressa-t-elle de poursuivre :

— Quand tu me touchais…

— Je te touchais ? s'esclaffa-t-il. Tu es vraiment naïve, ma parole ! Tu es peut-être un as du rangement des frigos, mais pour ce qui est du sexe masculin… Eh bien, je vais te mettre les points sur les i : je suis un homme, et à ce titre, j'ai des besoins !

Alors qu'il se détournait en haussant les épaules, Jaz pensa farouchement que si elle était blessée, ce n'était pas par cette manifestation d'indifférence. Et pas non plus parce qu'il venait de signifier qu'il ne l'aimait plus. Après tout, elle ne l'aimait pas davantage, n'est-ce pas ?

Non ! C'était juste que… que… Plaquant un sourire sur son visage, elle déclara du ton le plus indifférent qu'elle put :

— Tes besoins ne m'inspirent pas le moindre intérêt, Dillon. Et toi non plus !

Là, elle lui avait rivé son clou ! Il avait maintenant l'assurance qu'elle ne risquait pas de se ridiculiser de nouveau en jouant la femme énamourée ! Il devait être content !

Curieusement, la réaction de Dillon ne traduisit aucune gratitude, ainsi que Jaz le constata avec appréhension. Il revint rapidement vers elle, en lançant :

— Tiens donc ! Alors, que signifie ceci ?

Hébétée et mortifiée au plus haut point, Jaz fixa le dessin qu'il brandissait. L'esquisse qu'elle avait mise au rebut ! Celle qui le représentait dans le rôle du mari de son héroïne des vitrines, entouré comme il se devait de charmants enfants qui lui ressemblaient et d'une épouse en adoration.

Elle se demanda avec amertume ce qui avait bien pu la pousser à esquisser des croquis aussi révélateurs et d'une si piètre inspiration !

— Alors ? Tu n'as rien à dire ? l'asticota Dillon.

Rouge d'embarras, elle demanda d'une voix rauque :

— Où as-tu pris ça ? Rends-le-moi, ça m'appartient !

Comme elle tendait la main pour prendre le dessin, il l'écarta de sa portée.

— C'est donc bien toi qui l'as dessiné, dit-il avec satisfaction.

— Cela ne signifie rien ! Tu ne représentes plus rien pour moi ! Tu n'as jamais compté, en fait ! s'exclama-t-elle avec une véhémence passionnée.

— Vraiment ? s'enquit Dillon avec un accent sauvage.

Les propos de Jaz avaient heurté son orgueil, joué sur ses nerfs et ses émotions à vif depuis son arrivée. C'était plus qu'il n'en pouvait supporter ! Son sang-froid l'abandonna et il quitta le terrain rationnel pour celui de l'instinct primitif.

— Eh bien, nous allons vérifier ça, ajouta-t-il d'une voix si basse et douce que Jaz s'étonna de son pouvoir sur elle.

Piégée entre le mur et Dillon, elle se crispa, le défiant du regard de la toucher. Hors d'état de capter ces signaux trop subtils, il emprisonna ses deux poignets dans l'une de ses mains et ramena les bras de Jaz en arrière, contre la paroi. Dans le même mouvement, il inclina la tête vers elle.

Elle sentit sur sa peau son souffle enfiévré, une faible odeur mentholée familière, qui la bouleversa. Désemparée, elle détourna la tête dans l'espoir d'éviter la domination de sa bouche tout en sachant le combat perdu d'avance.

Son corps mâle l'immobilisant contre le mur pesait sur elle. D'instinct, elle ferma les paupières pour chasser la vision de sa silhouette virile. Par un effet boomerang dévastateur, ses sens revécurent soudain le moment de leur rencontre, lorsqu'elle l'avait désiré avec une violence qui passait toute raison et toute prudence, lorsqu'il lui avait suffi de se trouver en sa présence pour sombrer en transe jusqu'au tréfonds de l'âme et du corps...

Tous ses sens vibrèrent, se tendirent vers Dillon dans un accès de désir éperdu. Son corps sembla échapper entièrement à son contrôle, ses émotions régissaient tout.

Fiévreusement elle anticipa le goût de son baiser, désespérément consciente de n'attendre que cela, de n'aspirer qu'à une étreinte. Lorsque sa bouche virile rencontra la sienne, brûlante, exigeante, presque brutale, elle réagit avec un élan farouche, aussi furieuse contre elle-même que contre lui. Ils s'embrassèrent avec violence, fureur et douleur, jusqu'à ce que l'atmosphère soit comme saturée d'électricité.

Jaz frémit en sentant l'excitation de Dillon. Son propre corps trahissait sa vulnérabilité : ses seins aspiraient à recevoir ses caresses et, au cœur de sa féminité, une pulsation sourde lui causait un lancinant tourment.

Elle voulait qu'il la soulève et l'emporte vers son lit, qu'il la déshabille en hâte pour qu'elle puisse vite sentir sa chair nue contre la sienne. Elle avait tellement envie de lui, tellement besoin de son contact, qu'elle en frémissait de tout son être.

Tourmentée, elle embrassa son cou, sa mâchoire, sa bouche, lui entrouvrant les lèvres du bout de la langue avec une frénésie désespérée. Elle avait hâte qu'il la dénude, comme à La Nouvelle-Orléans, où elle avait frémi d'un plaisir aigu lorsqu'il caressait les pointes sensibles de ses seins.

— Avoue-le, Jaz, murmura Dillon contre son oreille. En ce moment, tu me veux, aussi avidement que j'ai envie de toi.

Ces paroles la ramenèrent d'un coup à la réalité, et à un sentiment de mépris pour elle-même. Paniquée, elle s'écarta :

— Non ! Non, c'est faux !

Dillon la laissa aller sans réagir. Jaz imaginait ce qu'il ressentait, cependant. Il devait jouir de son triomphe, et de sa propre humiliation !

Une demi-heure plus tard, dans la salle de bains, elle se demanda comment elle allait survivre à ce qu'elle venait de découvrir.

Il était impossible qu'elle aimât encore Dillon ! Cela ne se pouvait pas. Elle ne le *devait* pas…

Un sanglot de peur et de désespoir s'étouffa dans sa gorge.

Lugubre, Dillon se demanda ce qui lui avait pris, et pourquoi il n'était pas rentré par le premier avion. Ce n'était tout de même pas parce qu'il désirait encore une femme qu'il aurait été insensé de continuer à aimer ?

Son odeur flottait dans la pièce, accentuée par la fièvre de leur émoi sensuel. Jaz avait eu beau prétendre le contraire, elle l'avait désiré aussi éperdument que lui la désirait. Oh oui…

Il fit un pas vers le seuil de la cuisine, puis s'immobilisa. Soit, il avait prouvé que Jaz était loin de le rejeter sur le plan sensuel. La belle affaire ! Il était bien avancé…

Il fit demi-tour et alla vers le réfrigérateur. Il en retira son steak et se mit en devoir de nettoyer la clayette où il l'avait posé. Puis il lava soigneusement les fruits et la salade de Jaz avant de les remettre dans le bac à légumes. Enfin, il rangea de nouveau sa viande, sur la clayette du bas.

7.

— Tu as indiqué sous la rubrique « Effets spéciaux » un montant
de 5 000 livres sterling. Mais il n'y a pas la moindre indication de
ce que seront ces « Effets spéciaux » ! Et pas la plus petite trace de
factures pour justifier ce budget.

En écoutant le sermon de Jerry, fustigeant Jaz au sujet du devis
qu'elle lui avait soumis, Dillon serra les dents. La rougeur coléreuse
de Jaz et l'ambiance agressive traduisaient clairement les sentiments
des deux protagonistes.

Dillon ne savait toujours pas pourquoi il avait insisté pour être là.
Cela n'avait certes rien à voir avec le désir de protéger Jaz ! Pourquoi
aurait-il voulu la défendre ? Pourquoi se serait-il inquiété d'une femme
qui se souciait cent fois plus de sa carrière que de lui-même ?

— A quoi va servir cet argent, au juste ? Ou dois-je deviner tout
seul ? ricana Jerry.

Jaz s'insurgea à cette accusation implicite.

— Si tu insinues que je suis malhonnête…

Jerry l'interrompit d'une voix doucereuse :

— Je demande seulement à savoir, preuves à l'appui, à quoi cet
argent sera consacré. Si ma requête te déplaît, ou si tu ne peux la
satisfaire…

— Jerry, en voilà assez !

L'interruption sèche et courroucée de Dillon irrita Jerry, dont les
pommettes s'empourprèrent de colère.

90

— Dis donc ! C'est moi qui dirige, ici…

Dillon ne lui permit pas d'aller plus loin.

— Mon oncle t'a peut-être nommé au poste que tu occupes, Jerry, mais mon autorité se situe au-dessus de la tienne. Si, dans le passé, Jaz n'a pas eu à fournir de devis pour son activité, je ne vois personnellement pas de raison pour qu'elle ait à le faire à présent.

Il tendit le bras pour prendre la chemise cartonnée que Jaz avait apportée et la lui rendit en disant :

— Merci, Jaz. Tu peux te retirer.

— Minute papillon !

Jaz entendit la protestation exaspérée de Jerry alors que Dillon lui ouvrait la porte du bureau pour la laisser sortir. Cependant, si irrité qu'il fût par l'ingérence de Dillon, Jerry était loin d'être aussi furieux qu'elle ! pensa-t-elle en refoulant les larmes de colère et d'humiliation.

De quel droit Dillon se permettait-il de la rabaisser et de l'humilier ? De quel droit se mêlait-il de cela ? Et dans quel but, d'ailleurs, puisqu'elle le savait tout aussi résolu que Jerry à la voir partir du magasin !

Une fois arrivée à l'étage inférieur, dans son atelier, elle expédia à la volée la chemise cartonnée sur son bureau. Ce que Jerry venait d'insinuer était insultant, et cette insulte la rendait folle de rage. Elle en était blessée, aussi, d'autant plus que Dillon en avait été témoin !

Elle s'avoua à contrecœur que sa résolution commençait à vaciller ; elle commençait à se demander si elle était prête à payer le prix qu'il faudrait pour rester. Ne serait-il pas plus simple et plus facile de céder, de démissionner ? Après tout, elle n'aurait pas de mal à retrouver du travail…

Oui, mais elle aimait celui-ci ! pensa-t-elle avec obstination. Et elle n'allait pas se laisser éjecter pour faire plaisir à la famille Dubois ! Elle n'allait pas non plus tolérer qu'un des membres de cette famille, le plus arrogant de tous, se conduise de façon paternaliste et se porte soudain à sa défense pour Dieu sait quelles raisons…

Sa rancœur n'avait toujours pas faibli une heure plus tard, quand Dillon poussa la porte de son petit domaine.

— Pourquoi as-tu fait ça ? lui lança-t-elle d'un ton de défi.

— Fait quoi ? s'étonna-t-il. Ecoute, je suis venu te parler de quelque chose…

— Quel genre de chose ? coupa-t-elle sèchement. Si tu espères que je vais ramper devant toi et baver de reconnaissance parce que tu m'as rabaissée devant Jerry…

— Je t'ai rabaissée, moi ? Non, mais attends un peu !

— Oui, rabaissée. Je n'ai nul besoin que tu me protèges ou que tu viennes à mon secours ! Je suis tout à fait capable de tenir tête à Jerry. Tu n'avais pas le droit de te mêler de ça !

— Pas le droit ? répéta Dillon interdit. Crois-tu réellement que je suis du genre à rester passif quand on rudoie quelqu'un, quel qu'il soit ? Ce n'est pas parce que tu…

— Parce que quoi ? l'interrompit-elle en serrant les poings. Si tu t'imagines que je ne sais pas ce que tu cherches à faire avec ta prétendue sympathie et ta protection !

Consciente que son émotion intérieure commençait à filtrer dans son intonation, elle marqua une pause. Puis elle continua :

— J'ai déjà connu ça avec mes parents ! Eux, au moins, quand ils cherchaient à me décourager, c'était par affection, et je le savais. Alors que toi… Tu as hâte de voir ma chute, hein ? Tu es prêt à n'importe quoi pour me faire toucher terre et m'humilier. Pour que je te supplie de me reprendre, juste pour le plaisir de jouir de ton pouvoir. Eh bien, ne compte pas là-dessus ! Ça n'arrivera jamais ! Je ne saurais m'engager envers quelqu'un qui n'est pas capable de m'accepter telle que je suis.

— Tu pousses un peu ! répondit Dillon. Ne sois pas ridicule !

— Je ne suis pas ridicule ! En voulant que je renonce à ma carrière pour me conformer à ton idée de ce que doit être une femme, tu tentes un coup de force, tout comme Jerry ! Mais bien entendu, tu refuses de t'en rendre compte. Tu es trop obtus pour regarder les choses en face ! Tu veux me diminuer en tant que femme, tu veux réduire ma personnalité ! Oh, bon sang ! Mais pourquoi, pourquoi a-t-il fallu que tu viennes ici ?

Sombre et abattu, Dillon la regarda courber la tête. Les paroles coléreuses qu'elle venait de déverser sur lui l'avaient frappé de plein fouet.

Il était venu dans l'atelier de Jaz avec l'idée qu'elle avait besoin d'être réconfortée et rassurée ; pour lui faire savoir que, malgré le fossé qui les séparait, elle pouvait compter sur son soutien et qu'elle n'aurait rien à redouter de Jerry tant qu'il serait là.

Sa réaction apportait un cuisant démenti à cette illusion !

— Pour ce qui est du motif de ma visite..., commença-t-il avec amertume.

Puis, secouant la tête, il préféra conclure d'un ton glacial :

— De toute façon, tu ne comprendrais pas.

En achevant son repas en solitaire dans un restaurant proche, Dillon consulta sa montre : 22 heures. S'il dénichait maintenant un bar tranquille où boire une bière, il pourrait traîner un peu et ne rentrer qu'après 23 heures. Avec un peu de chance, Jaz serait couchée et, le lendemain, il partirait chez John en voiture.

Depuis leur dispute dans l'atelier, Jaz et lui s'ignoraient avec soin. Ce matin-là, Dillon avait téléphoné à John, officiellement pour le remercier de l'héberger et pour s'inviter un jour ou deux chez lui afin de lui offrir un bon repas au restaurant. En fait, c'était tout bonnement pour fuir Jaz car il ne se sentait plus en mesure de répondre de ce qui pourrait se passer entre eux.

Jaz s'efforça d'adopter une expression détendue alors qu'elle ralentissait en entrant dans la propriété de ses parents. Elle n'avait pas mis Dillon au courant de ce déplacement, pourquoi l'aurait-elle fait ?

Le domaine où son père élevait son bétail appartenait à sa famille depuis plusieurs générations. Alors qu'elle roulait vers le ravissant manoir, Jaz ne put se départir d'un certain sentiment de fierté et d'appartenance.

Tout en longeant l'allée d'accès, elle jeta un coup d'œil vers les écuries. Elle aimait bien monter à cheval, pour le plaisir, rien de plus. Elle n'avait jamais partagé le goût de la compétition qui avait mené sa mère au sommet de sa carrière.

Cependant, cela ne l'empêchait pas de l'admirer pour ce qu'elle avait accompli, et pour le dévouement dont elle faisait preuve envers les jeunes cavaliers qu'elle entraînait et sur lesquels elle fondait des espoirs.

Ici, en tout cas, elle n'aurait pas à subir la présence de Dillon, se dit-elle. Elle était assez fière en général de sa force de caractère et de son sang-froid, mais ces derniers temps…

Entre eux, l'ambiance était si hostile et si tendue qu'elle se sentait parfois au bord de la crise de nerfs quand elle devait se retrouver en tête à tête avec lui. Cela commençait même à l'affecter dans son travail créatif.

Elle se rendait compte que toutes ses défenses étaient battues en brèche. Dillon l'amenait à dire et faire des choses totalement opposées à son comportement habituel. Elle était effrayée par son manque de sang-froid et plus encore par le fait qu'elle ne pouvait s'empêcher de penser à lui, de ressasser chacun des mots qu'il lui avait adressés.

Il était évident qu'il n'avait plus d'amour pour elle. Elle ne songeait pas sans rougir à la façon dont il l'avait agressée en affirmant sans ambages s'être servi d'elle pour se satisfaire sexuellement.

Elle devait mettre de la distance entre eux, et cette visite était une excellente façon d'y parvenir. Jamais Dillon ne se présenterait ici comme il l'avait fait au magasin, éveillant son désir et son espoir, alors qu'en réalité...

Oui, ici, chez ses parents, elle était en sécurité !

Dillon fronça les sourcils tandis que John lui expliquait qu'il avait organisé quelque chose pour lui.

— J'ai pensé que tu t'ennuierais à périr ici, alors, j'ai téléphoné à Helena pour lui demander si nous pouvions passer le week-end chez eux.

— Helena ?

— Oui, Helena et Chris Cavendish, les parents de Jaz. Ils habitent tout près, et tu seras bien plus à l'aise là-bas.

John suggérait qu'ils passent le week-end chez les parents de Jaz ? Dans sa maison natale ?

Comme elle n'était pas présente lorsqu'il était passé à la maison pour faire ses bagages, il lui avait laissé un petit mot, expliquant qu'il partait un jour ou deux.

Son premier mouvement fut de refuser, mais il hésita. En agissant ainsi, il se serait montré inélégant à l'égard de John qui ne songeait qu'à bien faire. Après tout, il n'avait tout de même pas peur d'aller là-bas, non ?

Une heure plus tard, en logeant la petite valise de John dans le coffre de sa voiture de location, puis en s'assurant que le vieil homme était confortablement installé sur le siège du passager, Dillon se dit qu'après tout peu lui importait d'être ici ou ailleurs, du moment qu'il était loin de Jaz.

S'il avait dû se trouver en tête à tête avec elle en ce moment, il n'aurait pu répondre de ses réactions. Là, au moins, il était sûr de ne pas avoir à l'affronter.

8.

— Ah ! ma chérie… tu arrives à point nommé ! Tu es plutôt pâlotte, dis-moi ! commenta la mère de Jaz, gentiment réprobatrice. Il est presque l'heure de dîner. John est ici, au fait, pour le week-end.

Tout en suivant sa mère dans la cuisine, Jaz s'efforça de se détendre. Elle était toujours un peu sur la défensive, lorsqu'elle venait chez ses parents. Cependant, sa détermination à ne pas se laisser démonter en leur présence n'était rien à côté de son besoin farouche de défendre son indépendance lorsqu'elle se trouvait confrontée à Dillon.

Dillon ! Elle ferma les yeux en entrant dans la cuisine. Elle était venue ici pour lui échapper, non ? Alors, pourquoi le laissait-elle envahir ses pensées ?

— Si tu passais tout de suite dans le salon, ma chérie ? suggéra sa mère. Les autres y sont déjà. Tu connais l'intransigeance de Dorothy en ce qui concerne l'heure du repas. Préviens ton père qu'elle est sur le sentier de la guerre !

Dorothy était le pilier du foyer. A la fois gouvernante, cuisinière, femme de ménage et secrétaire de ses parents auxquels elle était toute dévouée, c'était elle qui faisait tourner la maison.

Tandis que sa mère allait se changer, Jaz se dirigea vers le salon et poussa la porte. Elle voyait déjà son père et John lorsqu'elle entendit son parrain dire :

— Tu élèves du bétail toi aussi, n'est-ce pas, Dillon ?

Figée par la stupéfaction et l'incrédulité, elle s'immobilisa sur le seuil. Non, son imagination lui jouait des tours ! Il était impossible que Dillon fût ici ! Il ne fallait pas qu'il y soit !

— Jaz ! Entre donc, lui proposa son père en l'apercevant. Vraiment, je me demande…

Il secoua la tête et ajouta en s'adressant à John :

— Tu es bien sûr qu'elle est aussi bonne que tu le dis dans son satané travail ? Elle a toujours été tellement distraite, tellement rêveuse…

— Elle est exceptionnellement bonne dans son travail, et exceptionnellement douée aussi, répondit John, la défendant avec douceur comme toujours.

Pour une fois, cependant, l'attention de Jaz n'était pas douloureusement fixée sur les insinuations critiques de ses parents. Comment en aurait-il été ainsi alors que Dillon se trouvait à quelques pas d'elle, l'air fermé, ne révélant que par une crispation involontaire de ses mâchoires qu'il était aussi peu enchanté qu'elle de cette « rencontre » ?

— Maman te prévient que Dorothy ne va pas tarder à servir le dîner, dit-elle à son père en s'efforçant de sourire.

Puis, ignorant Dillon dont elle sentait le regard glacial sur elle, elle alla étreindre chaleureusement son parrain. Celui-ci l'accueillit avec joie :

— Jaz ! Je ne savais pas que tu viendrais !

— Tu la connais, intervint jovialement le père de Jaz. La tête dans les nuages, comme toujours. C'est ça, paraît-il, les artistes. Personnellement, je n'arrive pas à comprendre comment ça fonctionne.

— Qu'est-ce que tu ne comprends pas, chéri ? lui demanda Helena Cavendish en faisant son entrée pour les prier de se rendre dans la salle à manger.

— Oh ! tu sais bien, le tempérament artiste de notre fille. Elle pouvait devenir fermière, mais non. Elle n'en avait que pour une carrière artistique !

Jaz vit que Dillon portait tour à tour son regard sur elle puis sur ses parents, d'un air sombre. Elle rougit légèrement, d'orgueil, de colère et de gêne tout à la fois.

Quelques minutes plus tard, tout en servant à chacun une assiettée de soupe, Helena rappela à son mari :

— La famille de Dillon a acheté le magasin de John.

— Peut-être bien, mais Dillon est comme nous, lui. C'est un rancher, l'informa Chris, approbateur.

— Eh bien…, soupira Helena. J'avoue que nous avons été déçus lorsque Jaz nous a dit ce qu'elle voulait faire. Nous avons tenté de l'en dissuader, pour son bien, évidemment, mais elle peut se montrer très têtue.

Jaz se crispa, et comme elle reposait vivement sa cuiller, celle-ci heurta son assiette. D'une voix tendue, elle dit :

— Je ne pense pas que Dillon ait envie d'entendre parler de mes échecs.

John intervint à sa manière tranquille.

— Dillon connaît déjà toute l'étendue de ton talent, Jaz. Et sa mère a été très impressionnée par ton travail.

Jaz faillit demander pourquoi, alors, on la poussait à donner sa démission. Elle parvint toutefois à se contenir.

Elle ne pouvait se résoudre à regarder Dillon, mais n'ignorait pas qu'il devait boire du petit lait en entendant les critiques de ses parents. Elle eut envie de dire qu'elle n'avait plus faim et de se sauver dans sa chambre, mais ce comportement infantile aurait donné raison à ses parents, qui la traitaient toujours en gamine. Courbant la tête, elle s'attacha à avaler sa soupe sans penser à rien.

Dillon contemplait la tête inclinée de Jaz. Une perception inhabituelle des choses, plutôt déstabilisante, le poussait à prendre en compte ce qu'il voyait et entendait. En toute logique, il aurait dû approuver chaudement les propos de Chris et d'Helena. Au lieu de cela…

Jaz s'aperçut que son père venait d'engager avec Dillon une conversation sur le bétail. Soulagée de ne plus être le point de mire, elle redressa la tête pour le regretter aussitôt.

Dillon écoutait peut-être son père, mais c'était elle qu'il regardait. Et il la contemplait d'une manière qui…

Elle s'empourpra. Mais qu'est-ce qui lui prenait ? Il n'avait pas à la regarder comme ça ! Comme s'il…

— Mon Dieu, Jaz, tu es toute rouge ! commenta soudain sa mère avec sollicitude. J'espère que tu ne couves pas quelque maladie…

Une maladie ? pensa Jaz. Les rêves détruits, les amères désillusions et un cœur brisé, cela comptait-il comme une « maladie » ?

Le regard de Dillon s'était planté dans le sien. Elle lutta pour échapper à son examen et à l'humiliation qu'elle se voyait contrainte d'endurer.

Dès la fin du repas, elle se réfugia dans la grange qui abritait le poulailler en emportant le panier à œufs de Dorothy.

Une heure plus tard, elle posait le panier presque plein. Comme il faisait assez chaud dans la remise, elle ôta sa veste qu'elle déposa sur le panier avant de grimper à l'échelle qui menait au grenier à foin.

Lorsqu'elle était enfant, le fenil avait toujours été son refuge favori, le sanctuaire où elle s'abritait quand elle avait du mal à supporter les difficultés de la vie. Des lucarnes, on avait vue sur les champs et les collines. C'était là qu'elle avait caressé des rêves, remué des pensées intimes.

Elle en avait bien besoin, aujourd'hui, de cet asile ! pensa-t-elle en se pelotonnant sur le foin moelleux.

*
* *

— Tu sembles en colère, Dillon.

Dillon tressaillit au son de la voix de John. Après le dîner, le vieil homme avait annoncé qu'il allait se reposer à l'étage. Dillon lui avait proposé de monter son bagage et, à présent, tous deux se tenaient devant la chambre réservée à John.

— Je n'avais pas réalisé que les parents de Jaz…, commença Dillon.

Il s'interrompit tandis que John poussait un soupir.

— Ils ont de l'affection pour elle, bien sûr, dit le vieil homme. Enormément. Je ne voudrais pas avoir l'air de cancaner, mais ce n'est un secret pour personne que, à leurs yeux, Jaz n'est pas la fille qu'ils auraient aimé avoir. Elle n'a pas eu la vie facile, en grandissant ! Je la revois encore lorsqu'elle était petite…

John eut un sourire nostalgique et attristé.

— Elle voulait désespérément leur faire plaisir, être comme ils souhaitaient qu'elle soit. Mais chaque fois qu'elle en avait l'occasion, elle s'efforçait de leur faire comprendre qu'il était important pour elle de suivre sa vocation. Ils n'ont jamais compris… Cela l'a profondément blessée, et elle a dû lutter durement pour obtenir le droit de mener sa vie à sa guise. Beaucoup trop durement, je crois, pour quelqu'un d'aussi aimant qu'elle. Elle voulait faire plaisir à ses parents parce qu'elle les aimait, et je crains qu'ils ne se soient servis de cette affection pour tenter de la contraindre à en passer par leur volonté… C'était avec les meilleures intentions du monde, évidemment ! Ils croyaient qu'elle serait bien plus heureuse si elle menait le même genre de vie qu'eux. Ils n'arrivaient pas à comprendre qu'elle se sentait emprisonnée, flouée, privée d'une part d'elle-même qui comptait énormément. Bien entendu, c'est du passé, aujourd'hui, et ils sont très fiers d'elle.

— Ils la traitent comme si c'était toujours une gamine, fit observer Dillon. Ils lui parlent de haut et sans respect.

Puis il laissa John se reposer, et redescendit au rez-de-chaussée. Sa propre réaction lui semblait encore plus perturbante que ce qu'il venait d'entendre !

Cependant, s'il avait découvert que l'attitude de Jaz était peut-être justifiée, cela ne signifiait pas qu'il avait changé d'avis sur le sujet !

— Je suis très content des résultats de notre programme de reproduction, dit Chris à Dillon une heure plus tard, comme ils revenaient vers la cuisine.

Etant donné leur centre d'intérêt commun, le père de Jaz avait proposé à Dillon de lui montrer son troupeau, et Dillon avait été bien trop tenté pour refuser. Au cours de cette conversation, il s'était convaincu que Chris Cavendish aimait sincèrement sa fille. Or, il était tout aussi évident qu'il ne la comprenait pas.

— Bien sûr, nous n'avons pas entièrement renoncé, lui avait-il dit. Nous espérons qu'elle finira par revenir à ses racines. Si tu l'avais vue lorsqu'elle était toute petite ! Elle adorait donner à manger aux bêtes...

Il avait secoué la tête en soupirant, puis repris :

— Il faut que j'aille passer un coup de fil ou deux. Mais je t'en prie, fais comme chez toi. Sens-toi libre d'explorer la ferme, si tu en as envie.

L'ayant remercié, Dillon le regarda entrer dans la maison puis il observa son environnement.

Cette terre si différente de la sienne le fascinait. Il s'approcha de la clôture pour mieux examiner la propriété. Dans la cour, des poules picoraient avec vivacité. Au-delà, il voyait une vieille grange de bois. Une date était gravée sur le linteau de la porte ; il s'en approcha pour mieux voir.

En entrant dans la grange, il vit le panier posé à terre, et la veste de Jaz repliée dessus. Il connaissait le vêtement et savait à qui il

101

appartenait. Le saisissant d'un geste machinal, il le palpa. C'était un contact doux et tiède, sensuel, parfumé… comme Jaz elle-même.

Apercevant l'échelle, Dillon prit une décision. Il avait accepté l'invitation de John pour s'éloigner de Jaz, mais puisqu'ils se retrouvaient ensemble, peut-être pouvait-il saisir l'occasion pour lui transmettre le message de sa mère ?

Résolument, il grimpa l'échelle, et fronça les sourcils en sentant les barreaux craquer sous son poids. Il était parvenu presque aux trois quarts de la hauteur quand il y eut un énorme craquement. Il retint son souffle. Tandis que, cramponné fermement aux montants, il se demandait quelle attitude adopter, l'échelle vacilla puis céda.

Dillon parvint *in extremis* à agripper le rebord de la plate-forme qui le surplombait, et balança ses jambes dans l'intention de se hisser dans le fenil.

Jaz s'éveilla en sursaut. Elle ignorait depuis combien de temps elle dormait ; elle venait de rêver de Dillon, du temps qu'ils avaient passé à La Nouvelle-Orléans, et de leur relation d'alors…

Le regard troublé par les souvenirs et l'émotion, elle tourna la tête et cilla avec incrédulité en voyant s'encadrer dans l'ouverture du fenil la tête et les épaules de Dillon.

— Dillon…, murmura-t-elle.

Avec l'impression d'être encore dans son rêve, elle se mit à frémir de désir et de nostalgie…

— Jaz, l'échelle s'est cassée, lui dit alors Dillon.

Abruptement, elle revint à la réalité et redevint une vraie fille de fermiers, habituée à affronter ce genre de situation. Elle se leva et se hâta de le rejoindre, jaugeant rapidement la situation dans laquelle il se trouvait : il ne pouvait en aucun cas redescendre par l'échelle cassée et il était trop loin du sol pour sauter sans risque de se blesser. Il n'avait qu'une option : se hisser dans le fenil mais, pour cela, il avait besoin de son aide.

Résolument, elle lui tendit le bras en disant :

— Donne-moi ta main. Si je me cramponne à cette poutre et que tu te raccroches à moi, tu devrais pouvoir te hisser sans problème.

Elle espéra paraître sûre d'elle, bien qu'elle fût loin d'éprouver l'assurance qu'elle affichait ! Elle ne pesait pas très lourd et Dillon était bien plus costaud qu'elle. Si elle ne parvenait pas à conserver sa prise sur la poutre, ils risquaient de tomber l'un et l'autre ! La grange était dallée, et elle préférait ne pas songer aux dommages que pouvait causer un contact brutal avec ce sol.

Se raidissant, elle passa un bras autour de la poutre tandis que Dillon lui agrippait le poignet. Fermant les yeux, elle pria en silence et tressaillit en sentant le tiraillement brusque que lui infligeait le poids du corps de Dillon.

— Jaz, ça va, tu peux ouvrir les yeux.

Ses membres se relâchèrent sous l'effet du soulagement alors que Dillon libérait son poignet. Quand elle ouvrit les yeux, il était devant elle, à genoux sur le plancher du fenil.

Il avait réussi ! Il était sain et sauf !

Oui, il s'en était tiré, mais… ils se retrouvaient prisonniers dans le grenier, coincés jusqu'à ce que quelqu'un s'avise de leur disparition et se mette à leur recherche. Et cela ne se produirait sans doute pas avant l'heure du souper !

— Tu as de la paille dans les cheveux.

Jaz voulut reculer alors que Dillon tendait la main vers elle.

— Ne bouge pas, lui dit-il en lui immobilisant le bras et en ôtant les brins de paille accrochés à ses mèches.

Elle sentit la tiédeur de son souffle sur sa peau, vit tout près de son visage le creux hâlé de sa gorge virile. La respiration sembla lui manquer, tout à coup, ce qui expliquait sans doute le chaos de ses pensées et le martèlement désordonné de son cœur…

— Dillon…

Elle avait voulu se montrer distante, indifférente... Au lieu de cela, elle émit un murmure doux et troublé qui eut l'effet inverse de celui qu'elle recherchait. Dillon ne la relâcha pas mais se rapprocha d'elle en regardant sa bouche.

— Non, ne fais pas ça ! implora-t-elle en tendant la main pour le repousser.

— Ne fais pas quoi ? murmura-t-il en emprisonnant sa main dans la sienne et en caressant sa paume du pouce.

« Ne m'embrasse pas ! » avait-elle voulu dire. Mais il était trop tard. Déjà, sa bouche esquissait le plus doux et le plus tentateur des baisers...

« Ce n'est qu'une histoire de peau, se rappela-t-elle. Il ne t'aime pas. Tu ne dois pas... »

Pourtant, son corps vacillait, se lovant contre son torse, s'éveillant à ce contact, réceptif et accueillant...

— Jaz...

La façon dont il avait murmuré son nom suffit à lui arracher un gémissement voluptueux et chargé de nostalgie. Il emprisonna son visage entre ses mains.

— Regarde-moi, lui intima-t-il presque durement. Regarde-moi, Jaz, et dis-moi que tu ne me veux pas.

— Je ne peux pas... je ne peux pas..., concéda-t-elle d'une voix angoissée.

Il frotta doucement, tendrement, son nez contre le sien, et son pouce vint effleurer ses lèvres. Elle les entrouvrit presque sans y penser, caressant du bout de la langue sa chair masculine et le sentant frémir.

— Pourquoi faut-il que nous nous battions au lieu de faire ça ? demanda Dillon d'une voix rauque en la serrant contre lui.

— Je n'en sais rien, gémit-elle doucement.

En cet instant, elle l'ignorait réellement ! Elle ne savait qu'une chose : elle avait fait au sujet de Dillon le plus merveilleux des rêves, et maintenant, il était là, avec elle, il l'étreignait, il l'embrassait, d'une façon qui effaçait tous les mauvais souvenirs et la ramenait au temps de leur première rencontre.

— Ne me repousse pas, l'implora Dillon, ne nous refuse pas ceci...

Et voilà qu'il caressait sa bouche avec la sienne, qu'il s'en emparait pour lui donner un baiser brûlant, vorace et dominateur.

Jaz se sentit défaillir ; un besoin pressant et primitif, plus fort que son désir de repousser Dillon, la submergea. Eperdument, elle se cramponna à lui et lui rendit sa caresse, n'obéissant qu'aux sentiments qui l'envahissaient. Elle perçut son excitation et se frotta contre lui, consciente de la violence de leur faim réciproque. Ivre de volupté trop longtemps réprimée, le cœur battant, elle s'étonna d'avoir pu vivre sans Dillon.

Elle déposa une pluie de baisers avides sur son visage, sur sa gorge, se grisant de ce contact. Dillon était son amant, son homme, son destin... Une force inconnue la domptait, refusant de prêter attention à l'avertissement désespéré de sa raison. Le moment était souverain, Dillon était souverain, tout comme l'amour.

Dans la tiédeur du foin de la grange, ils se dévêtirent l'un l'autre avec des gestes fiévreux entrecoupés de baisers fous.

Jaz perçut le tremblement de Dillon, quand il emprisonna ses seins nus entre ses paumes. Elle n'avait jamais été aussi fière de son corps et de sa féminité, aussi exaltée de se sentir désirable.

Elle le caressa à son tour, le faisant frémir. C'était si bon de le voir ainsi, dompté, réduit à l'état d'amant subjugué, soumis à son désir, tout comme elle l'était !

Il n'y avait pas de plus grande volupté sur cette Terre, pensa-t-elle, que de jouir librement du corps de l'être aimé... de le toucher... de l'effleurer encore et encore... de laisser courir les doigts le long de la ligne de poils bruns qui disparaissait sous la ceinture de son pantalon, et de poursuivre ce voyage avec sa bouche...

Dillon poussa un gémissement rauque et elle se retrouva soudain écrasée au creux de la balle de foin, tandis que Dillon, pesant sur elle, plongeait dans le sien son regard bleu obscurci par la passion.

La contemplant intensément, il commença à défaire les boutons de son jean. Jaz trembla légèrement, puis de façon plus marquée. La douleur de leur longue séparation l'envahit, et ce fut avec des larmes dans les yeux qu'elle renouvela les caresses qu'ils venaient d'esquisser.

Dillon s'était à demi dépouillé de son jean ; enfouissant le visage au creux de ses seins, il lui donna des baisers brûlants de passion qui enflammaient sa chair comme autant d'exquises coulées de plaisir.

— Tu es bien sûre de pouvoir vivre sans ça ? lui demanda-t-il d'une voix brouillée.

— Sans nous ? Parce que…

— Jaz ? Jaz !

Brutalement, Jaz revint à elle en entendant l'appel de son père, et la réponse révélatrice qu'elle s'apprêtait à livrer mourut sur ses lèvres.

Seigneur ! Qu'était-elle en train de faire ? pensa-t-elle, rouge de colère et de honte. Elle savait pourtant que Dillon avait cessé de l'aimer ! Alors pourquoi, au nom du ciel, avait-elle agi avec tant… tant de…

Elle rougit de plus belle alors que Dillon, en lui tendant ses vêtements, répondait à Chris d'une voix forte :

— Nous sommes là-haut !

Tout en parlant, il se rhabillait en hâte. Anéantie, Jaz baissa les yeux.

Morte de honte, furieuse contre elle-même, elle boutonna son chemisier avec des mains tremblantes.

— Jaz… Dillon…, redit Chris avec un soulagement perceptible. Helena commençait à penser qu'il fallait organiser une battue. Elle était convaincue que vous aviez eu un accident.

— On en a eu un, d'une certaine manière. Je crains d'avoir irréparablement abîmé ton échelle, Chris ! lança Dillon.

— Celle du fenil ? Bon sang ! J'aurais dû vous avertir ! Nous en avons commandé une neuve. C'est une chance que vous n'ayez pas été blessés. Attendez une minute, je vais en chercher une autre et je reviens !

En regardant son père s'éloigner puis disparaître, Jaz sentit qu'elle avait l'opportunité de dire bien des choses à Dillon. Mais le silence pesant qui régnait dans le fenil ainsi que sa propre souffrance la rendaient incapable de parler.

— Jaz ? dit enfin Dillon.

Elle tressaillit. Comment osait-il avoir des inflexions si tendres, si chaleureuses, comme s'il tenait véritablement à elle, alors qu'il avait donné la preuve qu'il n'avait plus d'amour pour elle ?

— Quoi que tu veuilles dire, garde-le pour toi, je ne veux rien entendre, répondit-elle avec difficulté.

A son grand soulagement, son père revenait déjà avec une échelle double.

Dillon descendit le premier et s'immobilisa à mi-chemin pour attendre Jaz. Il tendit les bras pour l'aider ; elle se raidit aussitôt.

— Je peux très bien me débrouiller seule, merci.

Le regard glacial dont il l'enveloppa lui étreignit la gorge d'une émotion douloureuse.

Pourquoi la vie se montrait-elle si impitoyable avec elle ? Qu'avait-elle fait pour mériter de souffrir autant ?

9.

— C'est tout ce que tu manges ?

Hostile à la réaction autoritaire de Dillon, qui observait d'un air sévère la salade qu'elle venait de préparer pour son repas du soir, Jaz se crispa.

— Oui, c'est tout. Cela ne te regarde en rien, d'ailleurs.

Dédaignant l'avertissement, Dillon insista :

— Tu n'as avalé qu'une tasse de café pour ton petit déjeuner. Pour être opérationnel, le corps humain a besoin de sa dose de protéines en début de journée. Puisque tu travailles pour une entreprise où j'ai des intérêts financiers, il est légitime que je…

— Non, mais tu as fini de te comporter comme si tu étais mon père ? s'emporta Jaz lui coupant la parole avec véhémence. Quand admettras-tu que je suis capable de prendre mes décisions seule et qu'en plus, j'en ai le droit ? Ça te plairait, que je te rende la pareille ?

— Je ne me comporte pas comme tes parents, souligna Dillon. Ce n'est pas parce qu'ils t'ont dénié le droit d'être toi-même que tu dois cultiver une telle paranoïa et t'imaginer que tout le monde est comme eux.

— Tu ne manques pas de culot ! Au moins, mes parents étaient motivés par l'amour. Alors que toi… Je sais pertinemment ce que tu essaies de faire ! De toute évidence, tu cherches à me pousser à la démission !

Dillon demeura interdit, puis il s'exclama :

108

— Mais de quoi diable parles-tu ?

— Oh ! ça va, hein ! Tu sais parfaitement ce que je veux dire.

— Non ! rectifia-t-il en abattant ses mains bien à plat sur la table. Je n'en ai pas la moindre idée !

— Bien sûr que si, persista Jaz. Tu as été très clair. Et je t'ai déjà dit que je ne capitulerai pas. Je ne me laisserai pas intimider parce que la famille Dubois a envie de se débarrasser du personnel existant. Jerry a parfaitement fait comprendre dans quel but on l'a envoyé…

— Un instant ! commença Dillon.

— Inutile d'insister ! le coupa-t-elle. Je réalise qu'il doit être très… gratifiant, de ton point de vue, de me voir remise à ma place ! Je devine très bien que, dans ton entêtement obtus, tu as hâte de parader parce que c'en est fini de la carrière que je t'ai préférée. Mais ce n'est pas si simple ! D'abord, je peux facilement retrouver un autre job. Je ne dépends nullement de la famille Dubois. Soit, j'ai peut-être naïvement cru ta mère, lorsqu'elle a insinué que je pourrais faire l'objet d'une promotion dans l'avenir. Mais ce n'est pas ma carrière qui nous a séparés… c'est ton attitude.

— Non, mais écoute un peu…, reprit vivement Dillon.

Jaz vit qu'il était en colère ; elle continua pourtant :

— Non ! *C'est toi* qui vas m'écouter, pour changer ! Puisque tu savoures par avance les joies de la revanche que tu mitonnes, je tiens à t'avertir d'une ou deux choses. Un : je ne donnerai ma démission que lorsque j'y serai décidée ! Deux : je suis ravie que tu agisses comme tu le fais. Ça prouve que j'avais raison de mettre fin à notre liaison !

— D'y mettre fin ? Comme dans la grange de tes parents, c'est ça ? répliqua cyniquement Dillon.

Jaz affronta son regard et lâcha avec autant de désinvolture qu'elle put :

— J'avais envie de coucher, et alors ? Il y a quelque chose à redire ?

— Un tas de choses, si tu veux me convaincre que c'était purement sexuel, dit doucement Dillon.

La façon dont il la regardait ne lui dit rien qui vaille. Jaz avait l'impression qu'il guettait l'instant où elle se trahirait, afin de pouvoir bondir sur elle comme un chat sur une souris.

— Je ne vois pas la nécessité de parler de ça, répliqua-t-elle avec hauteur. Ce n'était qu'un incident sans importance.

— Sans plus d'importance que moi, tu veux dire ?

— Précisément ! approuva-t-elle d'un air triomphant.

— Mais tu m'as dit que tu m'aimais et que tu voulais passer avec moi le reste de tes jours, lui rappela Dillon avec la même douceur. Tu m'as crié que tu n'aurais jamais cru avoir un tel plaisir. Tu m'as supplié...

Jaz tenta de refouler les visions qu'il faisait surgir, des visions propres à la faire rougir... D'ailleurs, elle s'empourprait bel et bien, maintenant !

— C'était avant de te connaître sous ton vrai jour... avant de comprendre que tu ne me permettrais pas d'être moi-même ! explosa-t-elle. Je ne peux pas vivre ainsi ! J'ai essayé avec mes parents, et je n'ai pas réussi. Je ne veux pas de ça, d'ailleurs. Pas plus que je ne veux quitter mon travail ! Quelles que soient les pressions que Jerry et toi exercerez !

— Tu es prête à mettre ça par écrit ?

Jaz le dévisagea d'un air interdit. De quelle manœuvre retorse et machiavélique s'agissait-il encore ?

— Pardon ? dit-elle.

— Tu m'as bien entendu. Je veux voir couché noir sur blanc que tu n'as aucune intention de partir. Ou plutôt, c'est ma mère qui le veut.

— Ta mère ? répéta Jaz, désorientée.

— Oui, ma mère, confirma-t-il d'un air sombre. Contrairement à ce que tu sembles penser, je ne suis venu ni pour te pousser à la démission ni pour pavoiser au sujet d'une quelconque menace pesant sur ton travail.

— Je ne te crois pas ! Pour quelle raison serais-tu ici, sinon ?

Dillon marqua une hésitation qui n'était guère dans son caractère. Jaz était trop remontée pour y prendre garde ou pour s'interroger, alors qu'il répondait laconiquement :

— Par devoir filial et précaution financière, je suppose.

Quelque chose dans son intonation un peu trop rauque et dans son regard qui se détournait déjà alerta Jaz, lui indiquant qu'il n'était pas entièrement sincère.

— Sûrement pas, dit-elle d'un ton ferme. Même si je ne vois pas quel but tu peux bien poursuivre en me mentant, à ce stade !

— Moi, je te mens ?

Elle frémit en voyant flamboyer son regard.

— Laisse-moi te dire…, commença Dillon, qui fut interrompu par la sonnerie de son portable.

Tirant parti de cette opportunité, Jaz quitta la cuisine.

— Dillon, j'ai d'excellentes nouvelles ! lui annonça sa mère dès qu'il eut pris la communication. Tu ne devineras jamais ! Donny et la cinquième épouse divorcent ! Il a pratiquement avoué qu'elle le poussait à m'éjecter du comité directeur. Enfin bref, il est en train de téléphoner à Jerry pour lui dire de faire sa valise. Mais il reste un petit problème…

— Je ne veux pas le connaître, coupa Dillon. Dès la fin de notre conversation, j'appelle l'aéroport pour réserver une place d'avion.

— Je comprends que tu aies hâte de rentrer, Dillon. Mais ce ne sera quand même pas une catastrophe si tu restes encore un peu ? Disons, une petite semaine ? Il va nous falloir quelques jours pour remplacer Jerry. Nous avons déjà pressenti quelqu'un, bien sûr : le directeur de la boutique de Boston, et… Au fait, tu as parlé à Jaz ?

— Oui. Et tu n'as plus à t'inquiéter. Apparemment, elle n'a pas l'intention de partir ou de tolérer qu'on la pousse à partir.

— Qu'on la pousse à partir ? Que veux-tu dire par là ?

Dillon s'en voulut de s'être laissé dominer par ses propres sentiments.

— Rien d'important, affirma-t-il. Jaz s'imaginait que nous voulions nous débarrasser d'elle à cause de la façon dont Jerry la traitait.

— Quoi ? Tu lui as dit que je tenais à ce qu'elle reste, j'espère ?

— Je l'ai fait, oui.

— Il vaudrait mieux que je lui parle moi-même. Je vais l'appeler tout de suite. Tu restes jusqu'à ce que nous ayons pu remplacer Jerry, n'est-ce pas ?

— Tu as dix jours, pas un de plus, dit fermement Dillon.

D'ici à dix jours, il serait délivré de l'invitation à dîner chez Jamie et Marsh. Dillon savait qu'il aurait dû se décommander mais bien entendu, s'il n'en faisait rien, c'était par pure politesse. Cela n'avait rien à voir avec Jaz !

Impatientée, Jaz considéra l'esquisse qu'elle crayonnait. Quand elle essayait de modifier les traits du partenaire de son héroïne de Noël en le rendant aussi différent que possible de Dillon, l'image qu'elle obtenait cessait de véhiculer les émotions qu'elle voulait exprimer ! Comment cela se faisait-il ?

Elle arracha la feuille de son carnet de croquis à l'instant même où le téléphone sonnait. Quand elle décrocha, elle fut si bouleversée d'entendre la mère de Dillon qu'elle répondit à son bonjour d'une voix quelque peu tremblante.

— Je viens de parler à Dillon, annonça Annette Dubois. Jaz, je suis vraiment désolée de ce qui s'est passé !

A mesure que se dévidaient les explications d'Annette, l'anxiété de Jaz fit place à l'étonnement, puis au soulagement médusé.

— Dillon sera ravi de retrouver son ranch, commenta en riant Annette. Je parie qu'il s'est comporté comme un ours mal léché, mais il était le seul capable de me remplacer pour régler les problèmes. Je lui ai spécifiquement demandé de te convaincre de rester. Tel que je

le connais, il doit compter les jours qui le séparent de son retour !
Bon, et maintenant, si tu me parlais de tes vitrines de Noël, Jaz ?

Jaz s'exécuta en s'efforçant de rester concentrée, mais elle eut quelque peine à parler de son travail. Ainsi, elle s'était entièrement trompée ! Cela n'avait rien d'étonnant, vu l'attitude de Dillon à son égard… Si elle l'avait méjugé, c'est qu'il l'avait cherché, non ? Quant à envisager de lui faire des excuses… Sûrement pas !

— Je suppose que tu as parlé avec ma mère ?

— Oui, répondit Jaz à l'interrogation étonnamment calme de Dillon.

— Et tu réalises, bien sûr, que je n'allais aucunement « pavoiser » au sujet…

— Très bien, coupa-t-elle, sur la défensive. Je me suis trompée. Mais ce n'est pas vraiment ma faute, non ? Je veux dire : tu avais bien spécifié, à La Nouvelle-Orléans, ce que tu pensais de…

Elle secoua la tête.

— Je ne veux plus discuter de ça, c'est inutile, décréta-t-elle comme il restait silencieux.

Elle lisait dans son regard sa condamnation et son mépris.

— Je ne prétendrai pas que… que sexuellement… je…

De nouveau, elle marqua un arrêt, mordant sa lèvre inférieure pour en arrêter le tremblement. Puis elle continua tant bien que mal :

— Ecoute, la vie que j'aimerais avoir avec mon… avec quelqu'un… ne saurait se limiter au désir sexuel. Je… J'ai besoin de sentir que la personne la plus proche de moi comprend mes besoins affectifs et émotionnels autant que mes besoins physiques, même si elle ne les partage pas. J'ai besoin de sentir qu'il me soutient, qu'il est assez fort pour me laisser exister telle que je suis, et que, s'il n'est pas d'accord avec moi, il peut au moins chercher un compromis.

— Un compromis ? Comme tu le fais toi-même, c'est ça ? demanda rudement Dillon.

Jaz détourna les yeux. Pourquoi ne pouvaient-ils jamais se retrouver face à face sans s'agresser verbalement... ou sans s'arracher mutuellement leurs vêtements ?

— Ta mère m'a appris que tu rentreras aux Etats-Unis dès que tu pourras, dit-elle d'une voix tendue, pour changer de sujet.

— Exact. J'ai déjà réservé mon billet d'avion. Je pars le mardi qui suit le dîner chez ta cousine.

Jaz eut un coup au cœur.

— Tu comptes toujours y assister ?

— Il serait discourtois de ne pas le faire, répondit froidement Dillon.

10.

Anxieusement, Jaz passa en revue les vêtements qu'elle avait sélectionnés pour son week-end chez sa cousine.

Jamie lui avait téléphoné pour l'informer qu'elle avait invité quelques voisins à dîner pour le samedi soir.

— Alan sera là, avait-elle dit. Avec une nouvelle petite amie. Au fait, il te transmet son bon souvenir. Je pense qu'il a le béguin pour toi, Jaz, avait conclu Jamie, taquine.

Alan Taylor-Smith était l'un des plus proches voisins de Jamie et de Marsh ; Jaz le connaissait très bien. Elle l'aimait bien, mais n'avait jamais été particulièrement attirée par lui. Ignorant le commentaire de sa cousine, elle avait demandé :

— Et tes autres invités ?

— Des nouveaux venus dans le coin. Des Londoniens. Lui est musicien, et elle productrice de télévision. Un couple très glamour. Le genre *Notting Hill*… A propos, fais-toi aussi « glamoureuse » que possible ! J'aimerais que la soirée ait un caractère un peu exceptionnel.

« Aussi "glamoureuse" que possible »… Ma foi, la robe qu'elle avait choisie pour ce dîner avait du glamour, non ? se dit Jaz en examinant le vêtement avec incertitude. Elle passait dans les parages à l'instant où l'acheteuse du rayon mode du magasin supervisait le déballage d'une livraison.

— Jaz, il faut que tu voies ça ! s'était-elle exclamée. C'est la collection d'un nouveau styliste, et je pense que ça se vendra super bien à Noël. Non mais, regarde cette robe !

La toilette qu'elle déployait était un fourreau en velours de soie frappée, couleur prune, dont le dos décolleté frisait l'indécence…

— Essaie-la, avait suggéré sa collègue. C'est une couleur idéale pour toi et tu as la silhouette qu'il faut pour la porter.

Jaz se demandait à présent pourquoi diable elle avait fini par acheter cette robe ! C'était une tenue bien plus audacieuse que tout ce qu'elle avait pu mettre… Bien sûr, le fait que ce dîner serait aussi sa dernière soirée commune avec Dillon n'avait aucun rapport avec cela…

Malgré l'amusement de l'acheteuse du rayon mode, Jaz avait refusé de porter la robe sans rien dessous.

— Tu vois bien que ça gâche le tombé !

— Je m'en fiche ! Pas question que je ne mette pas de sous-vêtements, avait affirmé Jaz.

Elle avait finalement acheté des dessous — en réalité deux minuscules choses incroyablement chères et à peine visibles sous le velours.

Pour le reste de son séjour, elle avait préparé deux jeans et des tops. Sa cousine était peut-être capable de réunir la tablée la plus chic, mais Jaz restait campagnarde dans l'âme…

Il était à présent 16 heures et elle devait se mettre en route avec Dillon à 18 heures. Elle ne l'avait pas vu de la journée et une part d'elle-même s'obstinait à espérer qu'il changerait d'avis, qu'il se décommanderait. L'autre part, cependant, se montrait rebelle : elle était décidée à faire mesurer à Dillon, pour leur dernière soirée, ce qu'il perdait en se montrant si obstiné !

Lorsqu'il la quitterait, ce serait en emportant une image propre à le tourmenter tout autant que le tourmenteraient les souvenirs qu'elle gardait de lui…

Elle prit rapidement une douche, puis hésita avant de passer sa tenue de voyage ; il lui restait du temps. Cédant à une impulsion, elle décida d'essayer une dernière fois la robe avant de la mettre dans son bagage, histoire de se prouver qu'elle avait fait le bon choix.

Tout en gagnant l'étage, Dillon vérifia l'heure. La porte de la chambre de Jaz était entrouverte, et il pouvait apercevoir la jeune femme.

Il avait repéré un coffret de bouteilles d'un vin rare pour les offrir à leurs hôtes. Cependant, il voulait s'assurer d'abord que Jamie ne préférait pas les fleurs ou les chocolats.

Dans sa chambre, Jaz venait de passer les sous-vêtements arachnéens qu'elle avait achetés lorsque Dillon frappa brièvement à la porte et poussa le battant.

— Jaz, j'aimerais…

Jaz sursauta et se retourna, tout en jetant un regard sur la robe hors d'atteinte, à quelques pas d'elle. Elle rougit violemment sous le regard intense de Dillon.

— Je voulais juste essayer ma robe pour demain soir, expliqua-t-elle, sur la défensive. Je n'étais pas sûre que…

Confronté à la vision de Jaz pratiquement nue devant lui, assailli par toutes sortes de souvenirs érotiques, Dillon ne parvint guère à se concentrer sur ce qu'elle disait.

Instinctivement, Jaz devina ce qu'il pensait, ce qu'il voulait ! Il n'y avait certes pas à se tromper sur ce regard enflammé !

Dans un accès de témérité, elle voulut qu'il aille plus loin — beaucoup plus loin ! Peut-être éprouvait-elle des sentiments particulièrement intenses parce qu'elle savait qu'ils seraient bientôt séparés pour toujours… Quoi qu'il en soit, elle eut une conscience aiguë de sa propre tension et de l'impact de son regard sur elle. Elle tremblait d'un désir nostalgique, si soudain et si violent qu'elle en fut presque choquée.

Aussitôt, elle chercha à contrebalancer ce qu'elle ressentait. Reculant d'un pas, la main levée en signe de défense, elle déclara d'une voix rauque :

— Dillon ! Non ! Arrête !

Tout en formulant ces mots, elle se souvint de circonstances bien différentes, dans l'intimité de leur chambre d'hôtel… Elle l'avait supplié tandis qu'il lui faisait l'amour : « Ne t'arrête pas, non… Ne t'arrête pas ! »

Ce fut comme si un maelström l'emportait. Lorsque Dillon avança vers elle, elle trembla de tout son être et ne put détourner les yeux.

Confusément, elle songea qu'il y avait quelque chose d'incroyablement explosif et érotique dans ce rapprochement de leurs corps — lui vêtu d'un costume sombre, elle presque nue.

Le contact de ses mains fut ferme et frais alors qu'il refermait les doigts sur ses bras pour l'attirer à lui. Lorsqu'elle ouvrit la bouche, ce ne fut pas pour protester, mais pour jouir avidement de son baiser passionné.

Jaz provoquait sa colère, plus que n'importe quelle femme qu'il eût connue, songea Dillon. Son refus obstiné de prendre en compte ce qu'elle détruisait entre eux le rendait si furieux qu'il… Sous ses mains, il la sentit frémir, comme si elle pouvait lire ses pensées. Incapable de se contenir, il abattit sa bouche sur la sienne avec une voracité primitive.

Etroitement serrée entre les bras de Dillon, Jaz lutta vainement pour réprimer un gémissement voluptueux. Il posa une main sur l'un de ses seins, lui arrachant aussitôt un cri de plaisir farouche. Elle le désirait tant ! Juste pour cette dernière fois… juste pour avoir un souvenir réconfortant auquel se raccrocher, si fugitif fût-il…

— Non ! dit soudain Dillon en la repoussant loin de lui.

Déchiré entre son désir brûlant et son orgueil, Dillon chercha à reprendre son souffle. Il était près de craquer, il ne fallait pas grand-chose pour qu'il sombre, pour qu'il cède à ses propres fantasmes. Il avait envie de coucher Jaz sur le lit et de savourer le sauvage plaisir de jouir de sa chair, de la caresser jusqu'à ce qu'elle l'implore, jusqu'à ce qu'elle ne puisse plus résister et noue autour de ses reins ses longues jambes fuselées, pour l'attirer profondément au cœur humide de sa féminité.

Cependant, ce qu'il voulait plus que tout, ce n'était pas son corps, mais son cœur. Qu'elle lui dise que rien au monde n'était plus fort et plus important que son amour pour lui et qu'il comptait plus que tout pour elle.

Ce qu'il voulait, il en était conscient, c'était un amour si absolu qu'il ferait disparaître à jamais de son âme la blessure douloureuse qui le tourmentait encore, celle d'un jeune garçon redoutant de ne pas être aimé. Il voulait plus que l'amour de Jaz : il voulait avoir *la preuve* de cet amour. Et cela, elle ne pouvait le lui donner…

Jaz inspira profondément en voyant approcher Dillon. Elle venait de mettre son bagage dans le coffre de sa voiture et se raidit, décidée à dissimuler qu'elle restait profondément affectée par la scène qui s'était déroulée dans la chambre…

Ils venaient de démarrer lorsqu'elle se rappela qu'elle avait laissé son manteau sur le lit. Tant pis, elle s'en passerait. Elle n'allait pas risquer de nouvelles critiques à cause d'un oubli ! D'ailleurs, c'était Dillon, le responsable. Comment aurait-elle pu se montrer attentive alors qu'elle ne cessait de se tourmenter au sujet de ce qui s'était produit ?

Elle avait tenté de se convaincre que seul Dillon était à blâmer et qu'elle n'avait rien fait pour l'encourager. Mais sa conscience lui interdisait ce mensonge. Si leur baiser s'était prolongé de quelques secondes, elle aurait craqué et serait devenue plus que docile entre ses bras, le suppliant d'aller plus loin…

Si elle faisait face maintenant, c'était uniquement par orgueil, pour lui prouver qu'il n'avait pas plus d'importance à ses yeux qu'elle n'en avait pour lui !

Ignorant la présence de Dillon à son côté, elle appuya sur l'accélérateur de sa petite routière. Elle avait choisi d'emprunter non pas l'autoroute mais une départementale. Jamie habitait à l'ouest de la ville historique de Ludlow, au cœur des marches du pays de Galles. Alors qu'ils approchaient de cette ville, Jaz se sentit tenue de suggérer :

— Jamie servira le souper assez tard. En général, quand je lui rends visite, je fais une halte ici, à Ludlow. Tu aimerais peut-être voir la ville ? Elle est très ancienne…

C'était la première fois qu'elle lui adressait la parole depuis leur départ. Il répondit d'un ton neutre :

— Pourquoi pas ? J'ai besoin de me dégourdir un peu les jambes.

La journée avait été ensoleillée, mais l'air vespéral était froid et sec. Machinalement, Jaz se pelotonna dans sa veste.

Sans vérifier si Dillon la suivait, elle se hâta sur la petite place du marché vers un café qu'elle affectionnait. Ils en sortirent une heure plus tard, sans s'être adressé la parole ou presque. Jaz frissonna, car la nuit était décidément glaciale. Du givre poudrait le sol et, si c'était très beau à voir, il ne faisait pas bon sortir sans manteau, d'autant que vingt bonnes minutes de marche les séparaient du parking.

Jaz se surprit à claquer des dents et pressa l'allure.

— Attends ! dit soudain Dillon.

Elle crut qu'il allait lui offrir son veston et s'apprêta à refuser. Au lieu de cela, il l'enlaça par la taille et la serra contre lui, la couvrant avec le pan de son veston qu'il venait de déboutonner. La chaleur délicieuse de son corps réconforta aussitôt sa chair frissonnante.

— Alors, tu te décides à me dire ce qui ne va pas, ou je dois te tirer les vers du nez ? demanda Jamie.

Toutes deux se trouvaient dans la cuisine et prenaient un café.

120

— Il n'y a pas de problème, assura Jaz tout en fondant soudain en larmes.

— C'est à cause de Dillon, n'est-ce pas ? dit Jamie en s'approchant pour la réconforter.

— Non, pas du tout. Pourquoi est-ce que ça aurait un rapport avec lui ? hoqueta Jaz.

Puis, presque aussitôt, elle murmura :

— Oh ! mon Dieu, Jamie !

— Si tu me disais tout ?

Une demi-heure plus tard, après avoir achevé sa confession, Jaz regarda sa cousine d'un air implorant :

— Tu me comprends, n'est-ce pas ?

— Oh oui, je te comprends, admit tristement Jamie.

Devant l'âtre où flambait un bon feu, alors qu'ils attendaient dans le salon l'arrivée des autres convives, Marsh tendit un verre de bourbon à Dillon. Voyant l'air à la fois surpris et ravi de son hôte, il commenta :

— Jaz nous a dit que c'était ta boisson préférée.

Depuis leur arrivée, la veille au soir, Dillon avait à peine vu Jaz ; ils semblaient prendre l'un et l'autre un soin jaloux à mettre le plus de distance possible entre eux.

— Puisqu'on parle de Jaz, reprit Marsh, il paraît que tu as vu les Holstein de son père. C'est un sacré honneur qu'il t'a fait ! Il ne les exhibe pas volontiers et ne les montre qu'à des gens triés sur le volet !

— Ce sont des bêtes vraiment superbes, répondit Dillon.

Ils se lancèrent dans une discussion sur les mérites comparés de diverses races bovines mais, tout en paraissant prêter attention aux propos de Marsh, Dillon pensait à Jaz.

— Ouah ! Tu es superbe ! s'exclama Jamie qui venait de rejoindre Jaz dans sa chambre.

— Ce n'est pas trop osé ?

— Ça risque de faire de l'effet à ces messieurs ! plaisanta Jamie. Si j'avais su que tu mettrais une tenue pareille, je ne me serais pas donné autant de mal pour le repas. Ils ne verront même pas ce qu'il y aura dans leur assiette, avec un spectacle pareil sous les yeux ! Au fait, qu'est-ce que tu portes là-dessous ? continua-t-elle, plus taquine que jamais.

— Un string minuscule, avoua Jaz. Et encore, notre acheteuse ne voulait même pas que je le mette. Il paraît qu'on le voit.

— Il se devine à peine, assura Jamie. Bon, tu es prête à descendre ? Les autres ne devraient pas tarder.

— J'arrive dans cinq minutes, répondit Jaz.

Elle était à mi-chemin de l'escalier lorsque les autres invités firent leur entrée.

— Jaz, viens donc, que je fasse les présentations ! proposa Jamie, ajoutant à l'intention de ses hôtes : Jaz est ma cousine.

— Jaz ! s'exclama Alan l'air ravi en lui faisant la bise de façon plus prolongée qu'il n'était nécessaire.

— Tu ne me présentes pas, Alan ? intervint une voix féminine.

Obéissant, Alan présenta à Jaz sa nouvelle petite amie, Sara. Chez elle, tout était… pointu, pensa Jaz. Sa voix, son nez, son corps maigre comme l'exigeait la mode, et même… ses yeux pervenche au regard froid !

« Tu ne m'aimes pas beaucoup, n'est-ce pas ? » lui dit-elle silencieusement en voyant le regard que Sara lui décochait et la façon possessive dont elle agrippait le bras d'Alan.

A son grand soulagement, la productrice de télévision et son mari s'avérèrent beaucoup plus sympathiques. Dans la trentaine, ils semblaient sûrs d'eux et à l'aise, et avaient sans doute « l'habitude du monde », comme on disait autrefois.

Myla Byfleet examina Jaz avec un intérêt visible.

122

— Vous avez un job ? Vous êtes seule ou accompagnée ?

— Veuillez excuser mon épouse, intervint Rory Byfleet en riant. Elle était journaliste, avant.

— Jaz est la styliste des vitrines et des étalages du plus grand magasin de Cheltenham, que vous devez connaître, expliqua Jamie.

Elle ajouta, en ignorant le regard que Jaz lui lançait :

— Elle est venue avec Dillon Dubois, dont la famille a acquis le magasin.

— J'aurais dû deviner que vous étiez une artiste, dit chaleureusement Myla à Jaz alors qu'ils gagnaient tous le salon. J'adore votre robe ! Vous êtes vraiment éblouissante !

— N'est-ce pas ? glissa Alan qui s'était approché de Jaz.

Consciente du regard noir de Sara, Jaz s'écarta de lui. Si c'était là le genre de réaction que devait lui valoir sa robe, elle n'allait pas tarder à regretter de l'avoir achetée !

L'un des hommes présents, cependant, semblait insensible à son allure, remarqua-t-elle en voyant l'air sombre de Dillon. Elle garda ses distances avec lui pendant que Jamie faisait les présentations. Sara se mit aussitôt à flirter avec Dillon, s'exclamant d'une voix haut perchée qu'elle « adorait les Américains ». Jaz en éprouva un accès aigu de jalousie.

Ne prêtant qu'une attention distraite à la femme qu'on venait de lui présenter, Dillon continua à foudroyer du regard l'homme qui avait accompagné Jaz dans le salon — le dénommé Alan. Jaz n'avait-elle donc aucune idée de l'allure qu'elle avait dans cette robe ? Le tissu collait à sa peau ; il était impossible qu'elle eût quelque chose en dessous !

Il eut à peine conscience de finir son whisky, ou de s'attabler dans la salle à manger. Jaz dominait ses pensées. Il avait envie de l'entraîner dans un lieu écarté, de la dépouiller de cette robe trop sexy, trop dangereuse, de toucher son corps au moins aussi dangereux, aussi sexy…

Jamie avait placé Alan à la droite de Jaz, alors que Dillon était assis en face d'elle. Malgré la présence de sa petite amie, Alan ne se gênait pas pour flirter ouvertement avec Jaz.

Jaz connaissait Alan depuis longtemps, aussi s'interdit-elle de lui battre froid, comme elle l'aurait fait avec un étranger. En fait, elle avait un peu de peine pour lui. Il avait une mère tyrannique, qui voulait à tout prix le marier.

Soudain, il se mit à lui caresser la cuisse sous la table. Elle déplaça ses jambes avec une mimique réprobatrice.

De l'autre côté de la table, Sara lui décocha un regard noir. Puis elle posa la main sur le bras de Dillon, assis près d'elle, et lui décocha un sourire éclatant.

— Alors, comme ça, vous travaillez dans le commerce ? Mais oui, c'est vrai… la mère d'Alan a parlé de vous, dit Sara à Jaz d'un ton laissant supposer que les commentaires n'avaient rien eu de flatteur.

Puis elle se tourna vers Dillon, pour ajouter avec une voix de petite fille :

— Et votre famille possède le magasin, maintenant.

« Comment un homme peut-il se laisser prendre à des minauderies pareilles ? » se demanda Jaz, irritée.

— En fait, Dillon est rancher, précisa-t-elle à l'intention de Sara.

Si elle avait espéré éteindre l'intérêt de Sara pour Dillon, elle en fut pour ses frais ! La petite amie d'Alan battit des cils et s'exclama :

— Rancher ? Vous êtes rancher ? Vous chassez le buffle comme dans les films de cow-boys ? Oh ! comme c'est excitant !… Et si romantique !

— J'ai l'impression que vous confondez le présent et le passé ! dit en riant Myla Byfleet à Sara. Mais on a le droit de fantasmer sur la noble vie de l'Ouest…

A cette remarque, Jaz laissa couler un rire rauque et perlé. Dillon leva alors les yeux vers elle.

— Comme j'aimerais ressembler à Jaz ! soupira Sara. J'envie tellement les femmes comme elle…

— Ah oui ? Pourquoi ? se sentit tenu de demander Dillon.

— Eh bien, elle fait carrière, n'est-ce pas ? Les hommes adorent les femmes comme ça. Ils les trouvent excitantes et dangereuses. Moi, tout ce que j'ai toujours voulu, c'est tomber amoureuse et avoir des enfants. Rester chez moi, pour m'occuper d'eux et de mon mari. Je sais bien que je suis ennuyeuse, mais je n'y peux rien. Bien entendu, Alan en pince pour elle…

Elle continua d'un ton plus acerbe en regardant Alan qui cherchait toujours à accaparer l'attention de Jaz :

— Il faut croire que ça l'excite, de le draguer. C'est dur, pour une fille comme moi, de rivaliser avec elle. Mais la mère d'Alan dit que je serai une bonne épouse, et je crois qu'Alan le sait, au fond. Je suis très vieux jeu, je le reconnais. Il n'empêche, je pense que le rôle d'une femme est d'aimer et de soutenir son mari et ses enfants.

En entendant cela, Jaz se sentit rougir. Sara n'aurait pu trouver meilleur moyen de s'attirer les bonnes grâces et l'approbation de Dillon ! Eh bien… grand bien leur fasse !

Au grand soulagement de Jaz, la soirée touchait à sa fin. Elle n'avait presque rien bu ni mangé et, à présent, elle était tellement tendue qu'elle ressentait un début de migraine.

Comme les convives commençaient à échanger des souhaits de bonne nuit, Alan se pencha fougueusement vers elle, dans l'intention évidente de l'embrasser. Elle parvint à éviter son baiser, mais ne put échapper à son étreinte ouvertement sexuelle. Elle le repoussa fermement, juste à temps pour assister au baiser prolongé que Sara échangeait avec Dillon.

La morsure de la jalousie et de la souffrance fut si forte que Jaz vacilla. Jamie enregistra ce léger mouvement et lui dit à voix basse :

— Tu sembles épuisée. Si tu montais te coucher ?

— Pour te laisser débarrasser toute seule ? Pas question !

Puis elle tourna résolument le dos à Dillon pendant que Marsh raccompagnait les invités.

Finalement, ils se mirent à quatre pour débarrasser. Quand ils eurent terminé, Jamie se tourna vers Dillon et Jaz :

— J'ai un service à vous demander, pour demain. Jaz, tu connais le cottage que nous louons à l'autre extrémité de la propriété, n'est-ce pas ? Tu passeras devant sur le chemin du retour.

— Oui, confirma Jaz.

Jamie et Marsh avaient une très vaste ferme à entretenir et, pour la rentabiliser, ils louaient les cottages de leur propriété à des vacanciers. Celui dont parlait Jamie, très isolé, était un lieu de séjour idéal pour amoureux en quête d'un refuge de charme.

Lorsqu'elle l'avait aménagé, Jamie avait choisi de mettre en valeur cette caractéristique. Il y avait un immense lit à baldaquin dans la chambre principale et, si elle avait fait installer le chauffage central, on pouvait toutefois jouir d'un vrai feu dans les cheminées de la chambre et du salon. Pour mieux accueillir ses hôtes, elle veillait également à ce qu'ils trouvent, le jour de leur arrivée, un réfrigérateur bien garni de mets délicats, en tenant compte de leurs goûts et… du caractère romantique de leur visite.

— Est-ce que cela vous ennuierait d'y faire un saut pour déposer les provisions destinées aux visiteurs qui arriveront lundi matin ?

— Bien sûr que non, répondit Jaz qui ne demandait pas mieux que de rendre service à sa cousine.

Elle n'avait accordé aucune attention à Dillon, tandis qu'ils débarrassaient le séjour, et fit de même lorsqu'elle souhaita une bonne nuit à Jamie et à Marsh.

Sa migraine s'intensifiait. Heureusement, elle avait apporté des analgésiques. Ils chasseraient son mal de tête, sûrement, mais rien ne pourrait dissiper sa souffrance affective...

— Nous sommes navrés d'avoir dû te placer à côté de Sara, dit Marsh à Dillon en lui offrant un digestif avant qu'ils montent se coucher. Quelle fille impossible ! J'ai lutté ferme contre Jamie, quand elle m'a dit qu'elle ne serait jamais une ménagère vissée à la maison. Je l'avais imaginée dans le rôle qui semble si cher à Sara, mais elle m'a bien fait comprendre qu'elle ne l'entendait pas de cette oreille ! Maintenant, chaque fois que je tombe sur quelqu'un comme Sara, je me dis que je l'ai échappé belle ! Tu imagines un peu, vivre avec une fille pareille ? Elle n'a pas la moindre idée personnelle, aucune personnalité. Tout ce qui l'intéresse, c'est de manipuler les autres pour qu'ils agissent à sa guise, et de maintenir son homme dans un état de servilité béate !

— De quoi parles-tu ? demanda Jamie en entrant dans le salon.

Il répondit avec espièglerie :

— J'étais en train de dire que j'ai une veine de tous les diables d'avoir pu éviter grâce à toi un fléau tel que Sara !

— Pauvre Alan ! grimaça Jamie. Je le plains ! D'autant qu'il en pince pour Jaz.

Dillon reposa son verre à peine entamé et se leva alors.

— Je crois que je vais monter dans ma chambre, si ça ne vous ennuie pas, déclara-t-il abruptement.

Jaz venait de prendre deux comprimés analgésiques quand elle entendit frapper légèrement à sa porte. Elle alla ouvrir et se retrouva face à Dillon.

— Puis-je te dire un mot ?

Il avait quelque chose de si impressionnant, qu'elle recula de quelques pas pour le laisser passer.

— Je dois reconnaître que tu étais éblouissante, ce soir, lui dit-il avec froideur. Peut-on savoir pour qui tu t'es mise en frais ? A moins que je ne devine moi-même...

— Sûrement pas pour toi, en tout cas ! mentit-elle.

— Ça, j'avais compris, merci ! Tu n'as donc aucun respect, aucune compassion pour les sentiments des autres ?

Jaz massa ses tempes douloureuses d'un geste las. Elle n'avait certes pas besoin d'une prise de bec en ce moment !

— Ecoute, j'ignore ce que tu cherches à dire. Ce qui est sûr, c'est que je ne veux pas l'entendre, asséna-t-elle.

— Non, évidemment ! Mais tu m'écouteras quand même ! répliqua Dillon d'un air sombre. As-tu seulement idée des dégâts que tu as causés pendant ce dîner ? De la souffrance que tu as infligée ?

— Pardon ? s'exclama Jaz estomaquée. Et je peux savoir à qui ?

— A Sara, bien sûr ! Elle est follement amoureuse de ce... d'Alan. Dieu sait pourquoi, d'ailleurs, et elle a peur de le perdre. Personnellement, je pense qu'elle se porterait mieux sans lui. Qu'est-ce qu'une femme comme elle peut bien trouver à un type pareil, qui ne la respecte pas, qui ne mesure pas la chance qu'il a de...

— Lui, non. Mais toi, visiblement, oui ! le coupa Jaz. Bien entendu, c'est tout à fait ton genre de femme ! La femme idéale, même ! Tu le lui as dit ? Non ? Tu aurais dû. A en juger par son comportement, elle n'aurait été que trop ravie de plaquer Alan, si tu lui avais laissé entendre que tu étais prêt à prendre sa place.

— Mais qu'est-ce que tu racontes ?

Jaz le dévisagea en inspirant profondément, dans une vaine tentative pour dominer la colère qui grondait en elle.

— Ce n'est pas évident, peut-être ? lui lança-t-elle dans un élan de fureur sauvage. On ne peut certes pas dire qu'elle se comportait en fiancée fidèle et aimante !

128

— Elle était désemparée, répliqua Dillon. Naturellement, par orgueil, elle n'a pas voulu le laisser paraître devant Alan.

— C'est sûrement pour ça que tu lui as donné un baiser si appuyé, même si Alan ne regardait pas de ce côté à ce moment-là !

— Appuyé ? ricana Dillon. Tu appelles ça un baiser appuyé ?

— De là où je me trouvais, c'est exactement à quoi ça ressemblait !

— Je me fiche de savoir à quoi ça ressemblait ! En ce qui me concerne, le meilleur moyen de juger la qualité d'un baiser, c'est de le ressentir !

Jaz comprit trop tard : Dillon avait déjà écrasé sa bouche sur la sienne. Impuissante à résister, elle se laissa aller contre lui, entrouvrant malgré elle les lèvres comme il y faisait courir la pointe de sa langue, se frayant sans mal un passage entre elles, plongeant dans la moiteur tiède de sa bouche puis se retirant pour mordiller une de ses lèvres...

Il ne cessa de répéter ce manège, une paume posée sur l'une de ses joues, l'autre glissée au creux de sa taille.

— Voilà, dit enfin Dillon en séparant ses lèvres des siennes, ce que j'appelle un baiser appuyé !

Livide, Jaz le repoussa et lui claqua la porte au nez. Puis elle s'adossa au battant, le souffle court, le visage inondé des larmes qu'elle ne pouvait plus retenir.

Rembruni, Dillon contempla la porte de la chambre de Jaz. Il était secoué par la violence de sa souffrance et de sa jalousie. Puis il se dirigea vers sa propre chambre d'un pas lourd.

11.

— Vous êtes bien sûrs que ça ne vous dérange pas de vous arrêter au cottage ? demanda Jamie en regardant tour à tour le visage livide de Jaz et celui fermé de Dillon.

— Pas du tout, assura Jaz avec une gaieté artificielle et un sourire tout aussi forcé.

Ils venaient de terminer le déjeuner du dimanche — auquel Jaz avait d'ailleurs à peine touché. Elle et Dillon ne s'étaient pour ainsi dire pas adressé la parole, au cours du repas, et Jaz sentait qu'il éprouvait la même répulsion qu'elle à l'idée de devoir rentrer avec elle à Cheltenham.

Une heure plus tard, les plats délicieux que Jamie avait préparés pour les hôtes du cottage étaient dans le coffre de la voiture de Jaz. Celle-ci donna une dernière accolade à sa cousine, puis se mit au volant.

Sombre et tendu, Dillon s'installa sur le siège passager.

Jaz fronça les sourcils en constatant que le vent gagnait en violence, agitant furieusement les branches des arbres, faisant tourbillonner les feuilles mortes.

Le bulletin météo matinal avait annoncé une bourrasque modérée… Elle alluma l'autoradio pour avoir des prévisions plus récentes, mais n'entendit que de la friture.

Percevant son inquiétude, Dillon rompit le silence lourd qui planait entre eux depuis qu'ils s'étaient mis en route :

— Quelque chose ne va pas ?

— Pas vraiment. C'est juste que le vent commence à être très fort, dit-elle avec raideur.

Du coin de l'œil, elle perçut le haussement de sourcils de Dillon. Avec une pointe d'amusement, il laissa tomber :

— Fort ? Tu devrais voir les ouragans qu'on a chez nous ! Sans parler des tempêtes de neige en hiver.

Jaz ne se donna pas la peine de répondre ; elle était trop occupée à contrôler sa voiture, que le vent heurtait avec force alors qu'elle s'engageait dans le chemin de terre sinueux menant au cottage.

Situé à la plus lointaine frontière du domaine, il était niché au cœur d'un petit bois, et offrait une jolie vue sur un étang abritant une flore et une faune variées. Habilement, Jamie avait tiré parti de ce ravissant décor, créant un jardin de curé plein de naturel aux abords du cottage.

En se garant devant, Jaz s'inquiéta de constater que la violence du vent s'était véritablement accrue.

Impressionnée par le mouvement de plus en plus violent des branches se découpant sur le ciel, elle descendit de voiture. Dillon, lui, était déjà occupé à ouvrir le coffre. Jaz tira de sa poche les clés du cottage et se hâta vers la porte.

En entrant, elle fut accueillie par la délicate odeur du pot-pourri avec lequel Jamie parfumait les lieux. Il faisait bon, grâce au chauffage central. Vu la météo, il était heureux qu'ils n'aient pas à s'attarder sur place, se dit-elle. Tout en méditant ainsi, elle percevait l'intensité croissante de la tourmente.

Alors qu'elle longeait le couloir, elle se raidit, frappée par un silence soudain, étrange et inquiétant. Instinctivement, elle se retourna. Debout à l'autre extrémité du couloir, Dillon tendait l'oreille avec autant d'attention qu'elle.

Elle savait que la tempête n'était pas terminée. Pourtant, bien qu'elle attendît quelque chose de ce genre, la brusque reprise du vent, repartant à l'assaut à une vitesse effrayante, avec un sifflement suraigu, la fit frémir.

Ils entendirent un fracas de bois brisé, au-dehors, et le crépitement soudain d'une pluie drue, martelant les carreaux.

— Mais qu'est-ce qui se passe ? demanda Dillon en regagnant l'entrée.

Jaz voulut le suivre, mais elle entendit un claquement, à l'étage, comme si on avait laissé une fenêtre ouverte. Alors, tandis que Dillon ressortait, elle monta l'escalier.

En plus de la suite matrimoniale et de sa luxueuse salle de bains, le cottage comportait deux petites chambres. Ce fut dans l'une d'elles que Jaz découvrit une fenêtre restée entrouverte. Elle se hâta de la fermer puis de redescendre.

Elle arrivait dans le couloir lorsqu'elle entendit une cacophonie de bruits fracassants, qui la poussèrent à courir jusqu'au seuil et à ouvrir en hâte la porte. Son cœur s'affola lorsqu'elle découvrit le spectacle qu'elle redoutait.

L'ouragan avait déraciné un arbre énorme qui s'était abattu en travers de l'allée, bloquant tout passage, et… écrasant sa voiture par la même occasion !

Pendant quelques secondes, elle resta figée par le choc. Sous l'amas de branches, elle distinguait la couleur vive de sa voiture, et l'énorme trou qui avait accueilli les racines de l'arbre. Elle perçut tout cela comme au ralenti, sans véritablement saisir la portée de ce qu'elle regardait.

Lentement, elle laissa errer ses yeux sur la scène, plusieurs fois ; puis elle les braqua brusquement sur quelque chose : le veston de Dillon, visible entre sa voiture écrabouillée et la partie la plus massive du tronc. Le veston de Dillon ! Celui qu'il portait quand il était sorti un instant plus tôt ! Le veston… Dillon…

Tout à coup, elle se mit à courir, sanglotant, ignorant le fouette-ment glacé des branchages qui la giflaient, criant le nom de Dillon dans un accès de panique insensé.

C'était seulement en cet instant, alors que la peur de l'avoir perdu donnait libre cours à son émotion, qu'elle prenait conscience de l'aimer encore, follement. Tandis qu'elle se débattait, le regard rivé sur son vêtement, elle sut, dans un éclair de lucidité aiguë, qu'il était le seul homme qu'elle pût aimer, qu'elle aimerait jamais.

Elle n'était plus très loin de lui, mais les branches, maintenant plus feuillues, plus denses, étaient trop lourdes pour qu'elle puisse les déplacer. Elle allait devoir…

— Jaz !

Incrédule, Jaz se figea. Elle entendait Dillon qui criait son nom. Ce son semblait toutefois venir de derrière elle, non de l'amas confus et terriblement immobile que formait le veston enfoui sous l'arbre !

— Jaz !

Maintenant plus forte, plus pressante, la voix de Dillon l'amena à faire volte-face.

En le voyant devant la porte ouverte du cottage, elle éprouva un élan de joie et de reconnaissance difficile à dépeindre, une sensation de gratitude indescriptible.

Lentement d'abord, puis de plus en plus vite, elle revint vers lui, en criant :

— Dillon, tu es vivant ! Tu es sain et sauf…

Dillon lui aussi se hâtait vers elle, tendant le bras pour l'aider à se dépêtrer de l'ultime amas de branches.

— Oh ! Dillon… Dillon…

Incapable de se contenir, elle se jeta dans ses bras tremblant de tous ses membres.

— J'ai cru… je t'ai cru blessé… mort… Quand j'ai vu ton veston…

— Il s'est accroché à une branche pendant que je prenais des bûches pour la cheminée — j'avais remarqué que ça manquait.

Je l'ai enlevé, et le vent a dû l'emporter jusqu'ici, expliqua Dillon, aussi ému qu'elle.

Elle se remit à pleurer.

— Jaz…

— Ce n'est rien, je ne pleure pas, assura-t-elle d'une voix frémissante. Pas vraiment.

Elle tenta de s'écarter, mais il ne la libéra pas.

— Tu es en état de choc, dit-il. J'ai assisté à la chute de l'arbre. C'est pour ça que je suis rentré. Pour t'avertir et téléphoner à Jamie.

Jaz fut prise d'un tremblement si violent que ses dents se mirent à claquer.

— Viens, rentrons, lui intima Dillon en l'enlaçant par la taille.

Une fois la porte d'entrée refermée, solide barrière entre la tempête et eux, Jaz sentit la tiédeur des lieux l'envahir.

— Nous allons devoir passer la nuit ici, lui fit observer Dillon. Marsh m'a dit au téléphone qu'il ne peut faire venir personne pour déblayer le passage, ce serait trop dangereux pour le moment. Il pense que le jour sera probablement tombé lorsqu'une équipe pourra intervenir…

Tout en l'écoutant, Jaz ferma les yeux et revit aussitôt l'image de l'amas obscur qu'elle avait pris pour le corps de Dillon emprisonné sous l'arbre, écrasé, mort peut-être… Des larmes ruisselèrent sur ses joues.

— Je… j'ai cru que tu étais dessous… sous l'arbre…, chuchota-t-elle en s'écartant de Dillon pour lever les yeux vers lui avec émotion. J'ai cru que… Oh ! Dillon… Dillon…

— Chut ! c'est fini, tout va bien, murmura-t-il en la serrant de nouveau contre lui comme si elle était un enfant qui avait besoin d'être consolé.

En la voyant si bouleversée, il se sentait éperdu d'amour, désireux de la protéger, de la serrer contre lui toujours.

— Que nous est-il arrivé, Dillon ? demanda Jaz d'une voix entrecoupée. Pourquoi les choses ont-elles mal tourné entre nous ?

Elle avait eu trop peur pour songer encore à feindre l'indifférence. Dillon avoua sans joie :

— Je l'ignore. Ce que je sais, c'est que je voudrais réparer ce qui ne va pas, Jaz. Je voudrais tant tout recommencer ! Te dire et te prouver à quel point je t'aime encore.

— Tu m'aimes ?

Jaz venait de dire cela avec la joie rayonnante et l'espoir d'un enfant découvrant que le Père Noël existe, après tout. Ce fut du moins ce que pensa Dillon en plongeant son regard dans le sien, et en percevant l'amour et l'étonnement qui passaient dans son intonation. Déjà elle saisissait son visage entre ses mains, et l'attirait à elle pour l'embrasser avec une passion sauvage, lourde d'angoisse rétrospective.

Farouchement, Dillon lutta, partagé entre la logique et l'amour ; mais comment aurait-il pu raisonner sainement alors que Jaz l'embrassait avec tant de volupté ?

— Serre-moi contre toi, Dillon ! Aime-moi ! exigea-t-elle entre deux baisers fiévreux. J'ai besoin d'être sûre que je ne rêve pas, que c'est réel, que tu es bien réel…

Incapable de résister plus longtemps, Dillon lui avoua avec une sincérité brute, en lui donnant des baisers de plus en plus chargés de passion :

— Je n'ai jamais cessé de t'aimer. Et je serais bien incapable, en ce moment, de ne pas te serrer contre moi, de ne pas te faire l'amour…

— Alors aime-moi. Fais-moi l'amour, dit-elle doucement.

Ils se dévisagèrent. Le temps semblait suspendu…

— Jaz…, murmura enfin Dillon.

Puis ils s'embrassèrent avec passion, échangeant des caresses torrides, se dévêtant avec des gestes emportés.

— Pas ici, Jaz, protesta finalement Dillon d'une voix rauque. Montons. Que je puisse vraiment goûter à toi. Que nous puissions jouir l'un de l'autre…

Jaz fut parcourue d'un long frisson. En silence, elle acquiesça.

Ce fut Dillon qui ramassa leurs vêtements épars et qui, à mi-chemin de l'escalier, se tourna soudain vers elle pour lui donner un baiser brûlant… Comme elle, il semblait porté au silence. On eût dit, pensa-t-elle, qu'il craignait de gâcher ou de détruire ce qui était en train de leur arriver…

Lorsqu'ils furent dans la grande chambre, nus et enlacés près du lit, Dillon murmura :

— Je t'aime. Je t'ai toujours aimée. Je n'aimerai jamais que toi…

Et il déposa une pluie de baisers sur ses paupières closes, sa joue douce, sa bouche pulpeuse…

Il lui avait fait l'amour avec sensualité par le passé, mais cette fois, Jaz le sentait, c'était différent. C'était… plus dense, plus riche. Il se donnait entièrement, révélait son désir et sa vulnérabilité, et semblait presque rendre hommage à tout ce qu'elle représentait pour lui, avec une forme d'amour qui allait bien au-delà des plus folles manifestations du désir.

Quand sa langue toucha les replis les plus secrets de son intimité, ce fut presque comme une communion, en un lieu n'appartenant qu'à eux. Tendrement, Jaz effleura sa tête inclinée, tandis que son souffle s'accélérait sous l'effet de son plaisir. Elle aussi, elle voulait le toucher, le savourer, le sentir en elle… Ils basculèrent enfin sur le lit et elle le caressa à son tour, lui arrachant des râles de volupté, posant sur son sexe un regard avide et joyeux, puis murmurant à son oreille :

— Je te veux en moi, Dillon. Maintenant ! Je t'en prie… tout de suite !

— Tu es réveillée ?

Instinctivement, Jaz se lova plus étroitement contre lui avant de répondre :

136

— Oui…

Il était trop tôt encore pour que filtrent les premières lueurs de l'aube, mais les bûches que Dillon avait fait flamber dans l'âtre étaient maintenant réduites en cendres. Jaz frissonna, impressionnée par le tour un peu trop métaphorique de ses pensées. Elle n'avait pas très envie de s'attarder sur cette comparaison, pas plus qu'il ne lui plaisait de percevoir les dessous implicites de l'interrogation de Dillon…

— La nuit a été magnifique, merveilleuse, murmura-t-elle en le caressant du bout des doigts. Tu as été merveilleux.

— Mais pas au point que tu changes d'avis et veuilles m'accompagner en Amérique, n'est-ce pas ?

Jaz sentit son bonheur s'évanouir. Elle ne voulait pas de cette discussion. Tout ce qu'elle voulait, c'était rester lovée contre Dillon, dans leur monde à part, là, entre les draps…

Leur monde à part ? Il était aussi fragile, aussi éphémère qu'une bulle de savon… Oui, c'était bien cela, leur monde et, dans l'univers réel, il ne pouvait survivre. En allait-il de même de leur amour ?

Des larmes lui brûlèrent les paupières. Elle aurait tant aimé que les choses soient différentes… Que *Dillon* soit différent ?

Elle ferma les yeux. Il y avait tant de choses qu'elle aimait, qu'elle adorait chez lui ! Sa force, sa tendresse chaleureuse, son honnêteté… ,mais elle ne pouvait pas mener l'existence qu'il attendait qu'elle mène auprès de lui.

— Je t'aime plus que je ne pourrais l'exprimer, Jaz. Je désire plus que tout au monde que tu sois ma femme, et la mère de mes enfants. C'est tellement bon, ce que nous partageons, gémit voluptueusement Dillon en l'enlaçant plus fort et en l'embrassant. Oui, c'est si bon… Viens avec moi, quand je rentrerai au ranch. Accorde-moi au moins une chance. Si je ne peux pas te convaincre que tu adoreras vivre là-bas avec moi et avec nos enfants d'ici, disons, dix ans, eh bien, tu pourras rentrer.

Il parlait d'une voix chaleureuse et taquine, mais Jaz n'oublia pas qu'il soulevait une question grave, importante. Elle l'interrompit avec fermeté.

— Je ne peux pas partir avec toi, Dillon. Si grande que soit mon envie, je ne peux pas quitter Cheltenham avant que Noël soit passé.

Comme il fronçait les sourcils, elle lui remit les idées en place :

— Mes vitrines, Dillon. C'est le point culminant de mon année professionnelle. Il est hors de question que je m'en éloigne. Même pour toi.

— Tu pourrais venir quelques jours… ne fût-ce que pour Noël et le nouvel an, argumenta-t-il d'un ton un peu crispé.

Elle persista, d'une voix crispée aussi :

— Non, Dillon, même pas pour Noël. Je travaillerai jusqu'à la dernière minute. Ensuite, pour la réouverture, il faudra que j'aide les autres à la préparation des soldes. Ce qui signifie une réorganisation des vitrines. Tu sais très bien que tu me demandes l'impossible. Même mes parents…

— Tes parents ? Oui… je comprends que tu as eu de grandes difficultés en grandissant, et que tu as dû te sentir parfois… blessée, et très seule. Mais ce que nous partageons ne doit te paraître que plus spécial, plus précieux, non ? Je sais qu'il en est ainsi pour moi, et c'est pour ça que… Oh ! Jaz ! Tu ne comprends donc pas ?

Jaz perçut très bien sa frustration et son entêtement, et son cœur se glaça. Cela ne l'empêcha pas pour autant de pressentir, avec une acuité douloureuse, qu'elle allait au-devant d'une grande souffrance.

Elle fut terriblement tentée de renoncer, de lui accorder ce qu'il voulait, mais elle savait qu'elle ne devait pas céder à cette tentation. Prenant une profonde inspiration, elle dit d'une voix aussi égale que possible :

— C'est non, Dillon. Tu ne vois donc pas que nous ne sommes pas seuls en cause ? Que l'enjeu va au-delà ?

— Non, je ne le vois pas. Que veux-tu dire ?

Tout en parlant, il s'était légèrement déplacé, si bien qu'il y avait maintenant entre leurs corps une distance réfrigérante. Il cessa de l'enlacer, en apparence pour se pencher sur elle et la regarder dans les yeux, mais ce retrait avait, aux yeux de Jaz, quelque chose de terriblement symbolique...

Elle tenta d'expliquer, en choisissant bien ses mots :

— Je veux dire que je n'aborde pas cette situation comme si elle n'impliquait que nous deux. Je dois aussi tenir compte des choses que j'ai apprises dans mon enfance, et tu dois en faire autant de ton côté, Dillon. Mes parents m'aiment tendrement, et j'en suis consciente. Mais je sais aussi ce qu'on ressent lorsqu'on se trouve dans l'impossibilité d'être soi-même et de suivre sa propre voie. Je ne veux pas qu'il en soit ainsi pour mes enfants — *nos* enfants.

Elle vit que Dillon l'écoutait, l'air sombre, à mesure qu'il se pénétrait de ce qu'elle tentait de faire passer.

— Mais je ne ferais jamais une telle chose à nos enfants ! Jamais !

— Tu ne peux pas l'affirmer, dit-elle doucement. Si nous avions une fille, si elle voulait avoir une carrière de haut niveau, que ressentirais-tu ? Et que ressentirait-elle si son cher papa désapprouvait ses ambitions ? Et d'ailleurs... même si tu étais capable de lui accorder ce que tu n'as pas su me donner... quel effet pourrait avoir sur un enfant, à ton avis, une relation parentale signifiant que la place d'une femme est au foyer, et pas ailleurs ? Il me serait impossible de t'épouser sans te donner d'enfants, Dillon. Mais je ne pourrais pas non plus donner à mes enfants un père qui ne les accepterait pas tels qu'ils sont, et ne respecterait pas leur individualité et la mienne.

— Jaz, je t'en prie..., implora Dillon. Je ne peux pas changer ce que je suis. Ni ce que je ressens !

— J'imagine que non, admit Jaz à voix basse.

— Tu sais que je pars demain matin. C'est notre toute dernière chance, Jaz.

— Oui, je sais.

Elle dit, voyant de quel air il la regardait :

— Je ne peux pas, Dillon ! Je ne peux pas grever le bonheur de mes enfants pour assurer le mien. Et toi non plus, tu ne le pourrais pas, j'en suis sûre. Ce problème ne disparaîtra pas… il restera toujours présent. Nous y serons confrontés sans cesse, et il nous séparera. Je ne peux pas vivre comme ça… Plus important encore : je ne peux pas *aimer* comme ça !

— Où vas-tu ? lui demanda Dillon en la voyant se lever brusquement.

— Il fait jour, dit-elle en désignant la fenêtre. La tempête est finie. Il est temps de nous remettre en route, Dillon. Pour aller chacun de notre côté.

« Je sais que je vais pleurer. Mais plus tard », pensa-t-elle. Elle n'aurait pas trop de toute sa vie pour pleurer Dillon et leur amour !

12.

— J'aimerais que tu changes d'avis et que tu nous rejoignes à Aspen pour Noël, Dillon.

— Je ne peux pas, répondit Dillon à sa mère. Il y a beaucoup de travail au ranch, pendant cette période. D'ailleurs, Noël est une fête pour les enfants, et je n'en ai pas.

— C'est une fête de famille, rectifia Annette avec douceur. Et tu en as une.

Avec un sourire nostalgique, elle se leva du fauteuil qu'elle occupait dans la vaste cuisine du ranch de son fils.

— Je me souviens encore du Noël de tes quatre ans, dit-elle. Nous t'avions offert une petite voiture, mais tu l'as dédaignée. Tu as passé presque toute ta journée à jouer avec la boîte d'emballage !

Dillon lui décocha un regard noir.

Il y avait un peu plus de deux semaines qu'il avait quitté l'Angleterre — et Jaz. Et il ne s'était pas passé une heure, une minute, une seconde, sans qu'il pense à elle…

Leur ultime nuit resterait gravée à jamais dans sa mémoire. Aucune femme ne pourrait un jour remplacer Jaz, mais il ne pouvait non plus revenir sur ce qu'il lui avait dit, ni modifier ses sentiments. Cela ne l'empêchait pourtant pas de la désirer avec une poignante nostalgie…

— Les Noëls dont je me souviens le plus, ce sont ceux où tu n'étais pas là, dit-il presque sèchement. Tu t'en souviens, toi ? Il y a eu celui que tu as passé en Australie — tu m'avais envoyé une photo de toi avec un koala ; et puis il y a eu celui où tu cherchais des tissus brodés en Inde ; et puis la Chine ; et puis…

Il s'interrompit et secoua la tête avec une expression amère. Tous ces souvenirs lui permettaient de mesurer la justesse de sa décision concernant son propre mariage !

— Dillon, écoute-moi !

Alors que sa mère se tournait vers lui, Dillon put lire du chagrin dans son regard.

— Quand tu étais enfant…

Il l'interrompit :

— Tu avais ton travail, et il était infiniment plus important que moi à tes yeux. Tu donnais la priorité à ton besoin de t'exprimer, d'être toi-même. Tu…

— Avec le koala, j'avais envoyé des billets d'avion à ton père pour qu'il t'amène près de moi, le coupa Annette. Tout était arrangé. J'avais organisé pour toi un barbecue spécial, sur la plage, avec d'autres enfants… Mais ton père a changé d'avis à la dernière minute. C'était toujours comme ça, entre nous. Lorsque j'étais en Inde, j'ai essayé de rentrer, mais on a dû m'hospitaliser à cause d'une dysenterie. En Chine…

Annette marqua une pause, puis continua d'une voix attristée :

— Eh bien, en Chine… j'avais déjà commencé à abdiquer. Mais je t'avais quand même envoyé une vidéo, où je te disais que je t'aimais et que j'aurais voulu être avec toi. Tu ne l'as jamais vue, j'imagine ! Tu comprends, Dillon, à l'époque, j'avais compris que quoi que je puisse tenter, si conciliante que je puisse me montrer, je ne parviendrais pas à persuader ton père de te laisser à moi. Il ne le permettrait jamais.

— Le permettre ? Je t'en prie, maman ! Je l'entendais, au téléphone, te supplier de revenir à la maison. Il me promettait toujours : « Ne t'inquiète pas, fiston. Je vais téléphoner à ta mère et lui dire que nous avons besoin d'elle… »

142

— Oh ! Dillon… je m'étais promis de ne jamais t'en parler, mais… mais nous n'aurions jamais dû nous marier, ton père et m…

— Je sais déjà tout ça, maman.

— En partie, oui…, mais tu ne sais pas tout. Lorsque tu es né, nous savions que notre mariage était fichu. J'aurais aimé obtenir le divorce avant ta naissance et t'élever par moi-même. Mais mon père m'a convaincue de ne pas le faire. Ensuite… eh bien, je voulais si désespérément prouver que j'étais capable de gagner de quoi t'élever, et montrer à mon grand frère Donny que je ne me laisserais pas évincer des affaires familiales… que j'ai fait un peu de surenchère, j'imagine.

Annette Dubois soupira, puis poursuivit :

— Mon idée, c'était de t'emmener avec moi dans mes voyages. Mais la famille a été épouvantée à cette perspective et ils ont fini par me faire peur, me persuader qu'en effet, un nouveau-né était plus à l'abri à la maison. Seulement, en revenant, je m'apercevais que j'étais peu à peu éjectée de ta vie, que ton père prenait à ton sujet des décisions auxquelles j'aurais dû participer… Par exemple, ces coups de fil dont tu parles… Il n'y en a jamais eu vraiment… Ton père savait que je t'aimais, Dillon, et que tu étais extrêmement important pour moi. Tu comprends, après ta naissance, les médecins m'avaient dit que je ne pourrais plus avoir d'enfants. Alors, il m'a imposé un chantage affectif, me contraignant à lui laisser le rôle du père aimant tandis qu'il m'attribuait celui de la mauvaise mère !

— Tu aurais pu renoncer à ton travail, souligna Dillon, glacial.

— Oui, j'aurais pu. Seulement voilà, j'ai hérité de l'entêtement familial, exactement comme toi. Je croyais que je pouvais tout résoudre. Quand j'ai été prête à admettre que j'avais tort, il était trop tard. Si j'avais été moins têtue, moins obstinée à voir les choses tout en blanc ou tout en noir, nous aurions pu parvenir à un compromis, ton père et moi.

De nouveau, Annette soupira.

— Et tu sais ce qui me fait le plus de peine ? Ce n'est pas ce que j'ai perdu, c'est de t'avoir perdu, toi. Oh ! je sais que nous avons plus ou moins réparé les pots cassés, et que notre relation est bonne, aujourd'hui. Mais j'aurai beau faire, je ne pourrai jamais te rendre ces années gâchées, cet amour gâché. Cependant, tu ne dois pas croire que je ne t'aimais pas, Dillon, et que je ne pensais pas à toi à chaque minute de ma vie. Tu étais mon fils, comprends-tu ?

Voyant qu'il fuyait son regard, elle se résigna et changea de sujet :

— J'ai réussi à convaincre Jaz de me parler de ses vitrines de Noël. Elle a vraiment beaucoup de talent. On l'avait interviewée à la télévision, le jour où je l'ai eue. Grâce à une relation de sa cousine, si j'ai bien compris. Sa dernière vitrine est tellement particulière ! Elle t'a parlé du thème qu'elle a choisi, lorsque tu étais là-bas ?

— Non, répondit Dillon, laconique.

Il tourna le dos à sa mère et contempla, par la fenêtre, les champs enneigés. Il ne voulait pas qu'elle voie son expression.

— Eh bien, elle a pris des photos et me les a envoyées. Tu aimerais les voir ?

Dillon aurait voulu refuser, mais cela lui était difficile : il aurait suscité les soupçons de sa mère.

Un instant plus tard, Annette avait étalé, dans l'ordre, toutes les photographies sur la table de cuisine. Et elle commentait en pouffant :

— J'adore celle-ci ! L'allusion est géniale. En habillant l'homme — l'époux et le père de la famille — avec des vêtements si typiquement américains, elle indique subtilement que nous possédons le magasin, maintenant.

Dillon se figea en voyant le cliché que sa mère lui désignait. Le mannequin de la vitrine portait un jean et un T-shirt blanc sous une chemise signée d'un styliste connu. Exactement comme l'homme que Jaz avait esquissé sur le dessin qu'il avait ramassé et qui avait avec lui-même une si forte ressemblance…

— Et regarde un peu celles-là ! continua avec excitation sa mère. Je veux dire, dans notre monde moderne qui ne jure que par la consommation, et où nous sommes tous assoiffés de choses qui aient un sens, qu'est-ce qui pourrait avoir plus de signification que les cadeaux reçus par cette femme ?

Malgré lui, Dillon examina les photographies : les proches de l'héroïne lui présentaient des cadeaux, somptueusement emballés. Il se raidit en prenant connaissance des légendes manuscrites que Jaz avait placées dans chacune des boîtes ouvertes.

Amour… Joie… Et puis, là, dans l'angle, dans un écrin si petit qu'il faillit ne pas le remarquer, l'homme — le mari — tendait un cadeau supplémentaire. Dedans, d'une écriture si menue qu'elle était à peine lisible, Jaz avait noté : *Acceptation.*

Se faufilant sans se faire remarquer parmi les clients qui admiraient ses vitrines de Noël, Jaz se demanda pourquoi elle n'éprouvait pas le même sentiment de jubilation et de fierté que d'habitude. Après tout, comme le soulignait le journal local, cette année elle s'était réellement surpassée !

Annette Dubois l'avait félicitée sur son travail avec admiration et excitation, mais aucun compliment ne pouvait compenser le glacial désespoir qui lui inondait le cœur.

— C'est vraiment superbe, Jaz !

Jaz se retourna, et découvrit sa cousine, qui lui souriait.

— Je suis venue faire des emplettes de dernière minute, expliqua Jamie. Nous prenons l'avion pour l'Amérique ce soir. Je dois dire que je ne suis pas emballée de partir… J'aurais préféré passer Noël à la maison, et aller dans un endroit ensoleillé en janvier. Tu me connais, le froid et les descentes à skis, très peu pour moi ! Mais Marsh adore ça, et les petits aussi. Alors, on a opté pour un compromis. Ce Noël-ci à Aspen. Mais l'an prochain, on restera à la maison, et en janvier, March m'emmènera aux Caraïbes.

Nerveusement, Jaz attendit qu'on enregistre son bagage. Son avion partait dans une heure à peine, et elle n'était toujours pas sûre d'avoir pris une bonne initiative. C'était sa conversation avec Jamie qui l'avait décidée… ainsi que la douloureuse nostalgie qu'elle ressentait loin de Dillon.

Un compromis. Pouvaient-ils y parvenir ? Dillon serait-il seulement prêt à essayer ? Elle ne l'avait pas averti de sa venue, de peur de changer d'avis à la dernière minute. Et d'ailleurs… Dillon refuserait peut-être de la voir. Il lui dirait peut-être qu'il ne voulait pas d'un compromis, qu'il préférait vivre sa vie plutôt que de céder d'un seul pouce.

Elle frémit à cette pensée. Seigneur ! Mais que faisait-elle là ? Elle ne pouvait pas aller jusqu'au bout, ce n'était pas possible… C'était de la folie de croire que ça pouvait changer. Malheureusement, il était trop tard pour faire marche arrière ! On venait d'enregistrer son bagage !

Etait-ce une folie ? Dillon n'aurait su trancher. Il savait seulement qu'il devait tenter cela. D'ailleurs, il n'aurait pu battre en retraite, à présent. La météo annonçait une tempête dans la région où se trouvait son ranch, et la zone était inaccessible.

Son avion pour Heathrow ne décollerait pas avant quatre heures. Et il avait soigneusement logé dans sa valise le cadeau qu'il avait préparé pour Jaz.

Allait-elle accepter ce présent ? Allait-elle l'accepter lui-même ? Admettrait-elle ce qu'il avait enfin compris ? Il lui fallait changer ! Ce qu'ils partageaient était si important, si précieux ! Il devait bien y avoir un moyen pour que ça marche ! En écoutant sa mère, il avait senti fléchir son intraitable volonté. Il avait enfin trouvé le sésame capable d'ouvrir la prison qu'il avait édifiée autour de lui par pur entêtement, et parce que les démons de son enfance lui insufflaient la peur de perdre ceux qu'il aimait. Jaz croirait-elle tout cela, croirait-elle à l'authenticité de sa volonté de changement ? Et cela suffirait-il à sauvegarder l'avenir ?

Epuisée, à bout de nerfs, Jaz apostropha l'employé posté derrière le comptoir.

— Comment ça, il n'y a aucun vol pour Freshsprings Creek ? Mais j'ai un billet et une réservation !

— Désolé. Tous les vols pour cette région ont été annulés à cause des conditions atmosphériques. Il y a une tempête, là-bas. Aucun avion ne peut décoller ou atterrir. Il faut attendre que le temps s'améliore.

— Mais il faut que j'y aille ! Y a-t-il un autre moyen ? Le train… la route… ?

L'employé hocha négativement la tête, en décochant à Jaz un regard apitoyé.

— Je viens de vous dire qu'il y a une tempête, ma petite dame ! Tous les transports sont bloqués. Tous.

Dillon consulta distraitement sa montre. Dans une demi-heure, il se présenterait à l'embarquement. Il survola du regard le hall de l'aéroport et, soudain, se figea. Près du guichet d'information, une silhouette familière s'adressait à l'employé. On aurait dit Jaz. Pourtant, il était impossible que ce fût elle !

— Je vous en prie, il faut absolument que j'aille là-bas ! insista Jaz d'une voix implorante. Vous comprenez…

— Je pourrais peut-être faire quelque chose ?

— Dillon ? Dillon, c'est toi ! Mais que… Comment…

Jaz rougit et pâlit tour à tour, levant sur la haute silhouette surgie à son côté des yeux dilatés par l'émotion. Dillon détourna un instant le regard pour consulter le panneau d'affichage.

— On vient d'annoncer mon vol, dit-il.

Elle devint livide.

— Ton vol ?

— Ecoute, répondit Dillon.

Jaz tendit l'oreille. Une voix annonça que les passagers du vol international pour l'aéroport de Heathrow, Londres, devaient se présenter à l'embarquement.

— Tu rentres ? demanda-t-elle stupéfaite.

— Non, lui dit-il doucement en la débarrassant du sac qu'elle tenait d'une main crispée et en la prenant dans ses bras. Je suis chez moi, Jaz. Ma maison, c'est toi. Mon amour. Ma vie. J'étais en route pour te voir. Pour te dire… pour te demander… si nous pouvions trouver…

— Un compromis ? suggéra-t-elle d'une voix hésitante.

En silence, ils se dévisagèrent.

— Il y a un bon hôtel pas très loin d'ici, suggéra enfin Dillon. Nous pourrions y réserver une chambre… du moins, jusqu'à ce que le temps s'améliore. Et puis, nous pourrons… parler…

Sensuelle et paresseuse comme une chatte, Jaz s'étira, savourant la tiédeur du corps de Dillon contre le sien. Combien de temps avaient-ils dormi ? Elle n'en avait aucune idée. En tout cas, dehors, il faisait nuit, maintenant.

Comblée, elle déposa un baiser sur l'épaule dénudée de Dillon, et sourit lorsqu'il l'enlaça d'un geste preste, tout en se tournant pour la regarder.

— Tu m'aimes toujours ? demanda-t-il avec douceur.

Taquine, elle répliqua :

— A ton avis ?

— Mon avis, dit-il d'un air soudain grave, c'est que je me demande comment j'ai pu croire que je pourrais vivre sans toi. J'étais stupide et arrogant…

— Non, corrigea-t-elle avec une inflexion tendre. Tu étais un homme magnifique, mais terriblement têtu.

— Nous ferons en sorte que ça marche, tu verras. Je sais que ce ne sera pas toujours facile, mais si nous savons établir un…

— Compromis ? suggéra Jaz souriante.

Ce terme, au cours de la longue conversation qu'ils avaient eue dans le jour finissant, était devenu leur sésame, leur mot de passe secret.

— Jaz, je tiens à toi plus qu'à ma propre vie. Je t'aime, totalement, absolument sans conditions ou limitations d'aucune sorte. Et rien, *rien,* tu m'entends, ne pourra jamais changer ça. Je t'aime telle que tu es. J'aime tout ce que tu es. Je te promets de ne jamais m'immiscer entre toi et ta carrière.

Elle le scruta intensément.

— Promets-tu aussi de ne jamais regretter cette démarche ?

— La seule chose que je pourrais regretter, c'est d'être assez fou pour te laisser partir ! affirma Dillon avec force. Je crois que tout ce que ma mère m'a raconté a modifié ma vision des choses. Mais, de toute façon, je n'aurais jamais pu continuer comme ça, sans toi.

— Pareil pour moi et mes vitrines. Elles comptent beaucoup pour moi, bien sûr, mais chaque fois que je regardais ce mannequin, c'est toi que je voyais.

Dillon se mit à rire.

— Tiens, à propos… tu devrais prendre note d'un détail : les ranchers ne portent pas de chemises branchées !

— Est-ce que tu crois que la tempête se calmera et qu'on pourra passer Noël ensemble dans ton ranch ?

— C'est possible. Mais nous avons quelque chose d'important à faire, avant que je t'emmène à la maison.

— Comment ça ? demanda Jaz en fronçant les sourcils.

Dillon s'inclina vers elle pour l'embrasser, en murmurant :

— Eh bien… l'hiver est très long, tu sais, dans cette région. Une fois que la neige est là, il faut attendre au moins le mois de mars pour la voir disparaître. Ça fait un sacré paquet de nuits noires et froides où il n'y a pas grand-chose à faire, à part se pelotonner à deux dans un grand lit. Et si c'est ce qui nous attend… je veux qu'on se marie, Jaz, conclut-il abruptement.

Il prit une intonation soudain plus grave, et continua :

— Je veux t'épouser maintenant. Tout de suite, pas l'an prochain ! Es-tu prête à t'engager ainsi vis-à-vis de moi ? Me fais-tu suffisamment confiance pour croire ce que je t'ai dit sur ma volonté de changer ?

Jaz prit une profonde inspiration et répondit doucement :

— Oui. Oui, Dillon, j'ai confiance.

Épilogue

— Je le jure…

— Dis, maman, ça y est, ils sont mariés ?

Jaz entendit courir des murmures amusés parmi les invités, alors que le plus jeune fils de Jamie posait cette question d'une voix haut perchée.

Rougissante, elle se réjouit d'être la seule à pouvoir entendre Dillon, qui s'était incliné vers elle pour murmurer :

— Dès que ce sera fait, je t'emmène loin de tout ce beau monde. Dans un endroit très très privé.

Ils étaient arrivés à Aspen quelques jours plus tôt, et Dillon avait annoncé leur intention de se marier. Il n'en avait pas fallu plus pour que les Dubois et Jamie passent à l'action.

La robe de Jaz avait été envoyée tout exprès du magasin de Boston. Une douzaine de jeunes gens membres de la famille Dubois s'étaient proposés comme garçons d'honneur… et Dillon avait prétendu qu'il regrettait de ne pas avoir emmené Jaz à Las Vegas, pour une noce éclair.

— Vous pouvez embrasser la mariée.

— Attends un peu que je t'aie toute à moi, murmura-t-il à Jaz en effleurant tendrement ses lèvres avec les siennes. Je vais te montrer, moi, comment un homme a envie d'embrasser sa femme.

Taquine, elle répliqua :

— Est-ce que ce sera un baiser *appuyé* ?

*
* *

Bientôt, ils furent enfin seuls dans la merveilleuse suite de l'hôtel de luxe où Dillon avait réservé.

— Viens un peu ici, dit-il à Jaz d'une voix troublée.

Docile, elle s'avança et posa sur lui un regard interrogateur alors qu'il lui tendait un petit paquet, emballé avec le plus grand soin.

— Qu'est-ce que c'est ? demanda-t-elle.

— Ton cadeau de Noël. J'avais eu l'intention de te le remettre en arrivant à Cheltenham.

Un peu hésitante, Jaz défit le petit paquet. Dillon lui avait déjà offert une bague de fiançailles et une alliance de toute beauté, ainsi qu'une paire de pendants d'oreilles assortis, en diamants. En le voyant un peu tendu, elle sentit que ce cadeau-ci avait quelque chose de spécial…

Précautionneusement, elle souleva le couvercle de la boîte, puis les diverses couches de papier de soie. Au milieu de leurs plis, elle trouva un petit rouleau de papier.

Son cœur se mit à battre la chamade. Ce fut avec des doigts tremblants qu'elle le déroula.

— Lis, lui intima Dillon.

Lentement, elle s'exécuta. Il y avait un seul mot écrit : *Acceptation.*

— Oh ! Dillon…, murmura-t-elle en se jetant dans ses bras, les yeux soudain brillant de larmes. C'est le plus magnifique, le plus précieux… le meilleur de tous les cadeaux que tu pouvais me faire ! Je le chérirai pour le reste de mes jours.

— Et moi, c'est toi que je chérirai toujours. Toi et notre amour, lui jura Dillon.

Le nouveau visage
de la collection Or

◆

AMOURS D'AUJOURD'HUI

Afin de mieux exprimer sa modernité et de vous séduire encore davantage, votre collection Or a changé de couverture et de nom depuis le 1er mars 1995.

Rassurez-vous, les romans, eux, ne changent pas, et vous pourrez retrouver dans la collection **Amours d'Aujourd'hui** tous vos auteurs préférés.

Comme chaque mois, en effet, vous y attendent des héros d'aujourd'hui, aux prises avec des passions fortes et des situations difficiles...

**COLLECTION
AMOURS D'AUJOURD'HUI :**
Quand l'amour guérit des blessures de la vie...

Chère lectrice,

Vous nous êtes fidèle depuis longtemps?
Vous venez de faire notre connaissance?

C'est pour votre plaisir que nous avons
imaginé un rendez-vous chaque mois
avec vos auteurs préférés, vos
AUTEURS VEDETTE dans les
collections Azur et Horizon.

Les AUTEURS VEDETTE vous
donneront rendez-vous pour de
nouveaux livres vedette.

Pour les reconnaître, cherchez
l'étoile ... Elle vous guidera!

Éditions Harlequin

HARLEQUIN

LE FORUM DES LECTEURS ET LECTRICES

CHERS(ES) LECTEURS ET LECTRICES,

VOUS NOUS ETES FIDÈLES DEPUIS LONGTEMPS?

VOUS VENEZ DE FAIRE NOTRE CONNAISSANCE?

SI VOUS AVEZ DES COMMENTAIRES, DES CRITIQUES À
FORMULER, DES SUGGESTIONS À OFFRIR, N'HÉSITEZ
PAS… ÉCRIVEZ-NOUS À:
        LES ENTERPRISES HARLEQUIN LTÉE.
        498 RUE ODILE
        FABREVILLE, LAVAL, QUÉBEC.
        H7R 5X1

C'EST AVEC VOS PRÉCIEUX COMMENTAIRES QUE NOUS
ALLONS POUVOIR MIEUX VOUS SERVIR.

DE PLUS, SI VOUS DÉSIREZ RECEVOIR UNE OU
PLUSIEURS DE VOS SÉRIES HARLEQUIN PRÉFÉRÉE(S)
À VOTRE DOMICILE, NE TARDEZ PAS À CONTACTER LE
SERVICE D'ABONNEMENT; EN APPELANT AU
(514) 875-4444 (RÉGION DE MONTRÉAL) OU 1-800-667-4444
(EXTÉRIEUR DE MONTRÉAL) OU TÉLÉCOPIEUR
(514) 523-4444 OU COURRIER ELECTRONIQUE:
AQCOURRIER@ABONNEMENT.QC.CA OU EN ÉCRIVANT À:
        ABONNEMENT QUÉBEC
        525 RUE LOUIS-PASTEUR
        BOUCHERVILLE, QUÉBEC
        J4B 8E7

MERCI, À L'AVANCE, DE VOTRE COOPÉRATION.

BONNE LECTURE.

HARLEQUIN.

VOTRE PASSEPORT POUR LE MONDE DE L'AMOUR.

COLLECTION
HORIZON

Des histoires d'amour romantiques qui vous mènent au bout du monde!

Découvrez la passion et les vives émotions qu'apportent à la Collection Horizon des auteurs de renommée internationale!

Captivantes, voire irrésistibles, ces histoires d'amour vous iront assurément droit au coeur.

Surveillez nos trois nouveaux titres chaque mois!

HARLEQUIN

Lisez Rouge Passion pour rencontrer L'HOMME DU MOIS!

Chaque mois, vous rencontrerez un homme très sexy dans la série Rouge Passion.

On peut distinguer les livres L'HOMME DU MOIS parce qu'il y a un très bel homme sur la couverture! Et dedans, vous trouverez des histoires écrites selon le point de vue de l'homme et de la femme.

Les livres L'HOMME DU MOIS sont écrits par les plus célèbres auteurs de Harlequin!

Laissez-vous tenter avec L'HOMME DU MOIS par une histoire d'amour sensuelle et provocante. Une histoire chaque mois disponible en août là où les romans Harlequin sont en vente!

RP-HOM-R

HARLEQUIN

COLLECTION
ROUGE PASSION

- Des héroines émancipées.
- Des héros qui savent aimer.
- Des situations modernes et réalistes.
- Des histoires d'amour sensuelles et provocantes.

LAISSEZ-VOUS TENTER
par 3 titres irrésistibles
chaque mois.

RP-1-R

69 **L'ASTROLOGIE EN DIRECT
TOUT AU LONG
DE L'ANNÉE.**

(France métropolitaine uniquement)

Par téléphone 08.92.68.41.01

0,34 € la minute (Serveur JET MULTIMÉDIA).

Composé et édité par les
*éditions*Harlequin
Achevé d'imprimer en décembre 2005

BUSSIÈRE

GROUPE CPI

à Saint-Amand-Montrond (Cher)
Dépôt légal : janvier 2006
N° d'imprimeur : 52764 — N° d'éditeur : 11798

Imprimé en France